胡同里的童年

CHILDHOOD IN HUTONG

文诤 ◎ 著

图书在版编目（CIP）数据

胡同里的童年，文诤著 . -- 北京：北京燕山出版社，2019.4

ISBN 978-7-5402-5370-7

Ⅰ.①胡… Ⅱ.①文… Ⅲ.①散文集－中国－当代 Ⅳ.①I267

中国版本图书馆 CIP 数据核字 (2019) 第 060026 号

胡同里的童年

作　　者：	文　诤
责任编辑：	王　迪
营销编辑：	涂苏婷
策划编辑：	金贝伦
排版设计：	北京聚贤阁文化发展有限公司
出版发行：	北京燕山出版社有限公司
地　　址：	北京市丰台区东铁营苇子坑路 138 号
邮政编码：	100078
发行电话：	（010）65240430
印　　刷：	三河市灵山芝兰印刷有限公司
开　　本：	787mm×1092mm　1/32
印　　张：	7.25
字　　数：	102 千字
版　　次：	2019 年 5 月第 1 版
印　　次：	2019 年 5 月第 1 次印刷
书　　号：	ISBN 978-7-5402-5370-7
定　　价：	29.00 元

版权所有　违者必究
如有印刷质量问题，请与印厂联系退换

珍藏的记忆

——《胡同里的童年》序

作者是一位八十多岁的老人,她是我高中时代的同班同学,本书是她对自己往日生活的回忆。我很多年前就听说她身体不好,可是她却为了写父亲的创业过程和取得的成就,投入了大量的精力和时间,进行了多处探访,查阅搜集资料,记录、整理、写作……真可谓呕心沥血,她这样投入地做这件事,一定有她的道理。我看了相关文字才明白了其价值之所在。

从书名中的"童年"二字就知道,书中自然有不少儿时生活的回忆,这回忆自然就会让自己最亲近的家人登场;童年生活也离不开自己读书的小学校,离不开当年的师友。这两方面的内容在书中是分量比较重的。

作者用较多的笔墨写了自己的父亲、母亲、

哥哥、姐姐。记叙中并没有局限于童年这一时段的父母兄姐，而几乎是写了每一位亲人的一生。当读者把每个人的故事读完之后，会忽然发现作者给我们呈现的是几十年北京市民的生活样貌、家庭和社会生活——从新中国成立前到新中国成立后，从上个世纪20年代的"三大改造"（对农业、手工业和资本主义工商业的社会主义改造），到"文革"造成的"十年动乱"，在一幅一幅的生活画面里，我们感受了这些普通百姓的快乐和幸福、勤劳和智慧，他们的奋斗和挣扎，以至于在挫折和灾难之中的容忍，尤其是当家庭成员陷入几乎是灭顶之灾的时候，亲人之间忘我的无私的爱和扶持。这种在危难之中的亲情，这种足以给人以生的希望和生的勇气的亲情，才深刻体现出它的价值、它的弥足珍贵。这最后一点尤其让人刻骨铭心。

　　作者的父亲当年是一位成功的手工业者，创造了"钢刀王"这一品牌，所制造的精美小巧的工艺品小刀风靡市场三四十年。并且开辟了国际市场，远销到新加坡、马来西亚。书中详细介绍了生产初期样品的采集，原料、工具的选择和手工制造的工艺流程；介绍了20世纪三四十年代，比较典型的手工作坊的规模、师徒关系以及他们的生活和工作情况。介绍了1956年公私合营,国家资金投入之后生产的发展。但不幸的是,"文革"把这一切中断了。1983年生产虽恢复了,但元气大伤;至20世纪90年代这个工厂就办不下去了。这些内容对于我们了解我国民族手工业的产生、发展和削弱是一个生动的个案。

书中所写的小学生活和孙敬修老师也给人留下了深刻印象。当年汇文一小的校园环境:遮阴蔽日的高大的树木,粗壮的枣树和巨大的葡萄架,校园中心的自然课实验园地……孩子们参与的春种秋收,尤其是红枣和葡萄成熟了,每个孩子都会分享。环境的育人做得多么好啊!还有规定课程之外的短训性质的小课,尤其是丰富多彩的课余生活(包括孩子们的各种游戏),这些为刺激孩子们大脑的发育,为多种兴趣的激发和创造力的培养,提供了时间和空间,创造了条件。作者怀着深深的感情和敬意写到了孙敬修老师,孙老师用自己的言行教育孩子们懂得爱——对亲人、对朋友、对家乡的爱,满腔热忱地帮助需要帮助的人;懂得尊重人——不仅是以文明礼貌待人,而且对所有的学生一视同仁。作者在《成人在始》

一节中写道:"这些往事已过去七十多年……这一切永远藏在我记忆的深处。是汇文一小的老师给了我自信和自尊,尤其是孙老师给了我无私的爱与信任。这种爱与信任在我一生中都起着作用。"一个孩子,从小就享受着这人世间最美好的感情的滋养,让他们稚嫩的心灵始终充满信心地快乐健康地成长,这种正能量的教育和影响,该是多么珍贵啊!

这本书还写了北京节日的习俗、一段古城墙的变化等,这些内容不但和作者童年的经历相关,而且完全是属于北京的。"胡同"一词大约起源于元代,称街巷为胡同的,全世界只有北京。老北京、老胡同,已经成为北京文化的一个象征。这本书实际上从多个角度、多个视点来介绍北京的多种文化现象,从而让读者悟出:"啊,北京人、老北京原来是这样子啊!"

详读作品,有感而发,写了上面一些话。

是为序。

苏立康,2018.12
(作者为北京教育学院教授
中国教育学会中学语文教学专业委员会前理事长)

目 录

序 / I
小 引 / i

父亲王万青与钢刀王 / 001
怀念母亲 / 043
忆大哥 / 067
老姐和我 / 084
一位普通农妇苦难的一生——追念我的大姨 / 113
难忘的三个节日 / 125
  端午节 / 125
  中秋节 / 127
  春节 / 130
私塾与蒙学 / 137

上私立惜阴小学 / 143

成人在始——忆母校汇文一小 / 146

我们的孙敬修老师 / 156

丁香花盛开的季节 / 166

一段古城墙的回忆 / 169

童年的游戏 / 177

胡同里的叫卖 / 184

缠足、扎耳孔、穿绣花鞋 / 191

细说豆汁儿 / 196

附录　生命中遇到的几位贵人 / 207

后记 / 217

小引

2001年10月26日晨出差返京，那时还没有高铁，也没有铁道两侧的护栏。有幸买到卧铺车厢的下铺，凭窗而坐，方便看远和看近。望着窗外向后飞驰而去的起起伏伏的黛色山峦，大片大片的绿色田野，农舍，城镇，在田里耕作的农民，铁道边大道上匆匆行走的路人，心中升腾着一种莫名的感念，遂靠在铺位上写了下面的一段话：

"列车奔驰在广袤的大地上，掠过一户人家又一户人家，一个村庄又一个村庄，一座城市又一座城市。那一户人家，屋内正发生着什么？考学、求职、成婚、生育、病痛、衰老、丧葬……那一家人之间有着怎样的关系？欢乐、和谐、争吵、烦恼、悲伤、打斗……一切都可能发生着，演变着。列车匆匆而过，作为车厢内的看客，对房舍内的事物，听不到，也看不到。因此，以为一切都平静如水，什么事情都没有发生。但是，每个人，每个家，确实都在编织着自己的故事，只不过有的传奇而精彩，能流传于后世；有的则平淡无奇，自生自灭，了无人知。传奇也好，平庸也好，最终生命与肉体都无一例外地复归大地，幻化为无，这是不争的事实。你只知道你的一个家，以及你的亲属、老师、朋友、同事、同学，你以为这就是一切。因此，人们常常把自己的事看得重于别人，但这对于别人也同样是另一个别人，当然，别人对别人的事有热情关切者与冷漠无情者之分。认清这些就不至于过分要求别人，同时也能以平常心看待自己，你和你的家人只是地球上的一个点，平平常常的一个点。"

我写《胡同里的童年》，也只是在写地球上一个更小的点，是在地图上找不到、看不见的一个点。但是，这个点对于我来说却是生命之根，在这里我度过了童年最温馨的时光，遇到了一些令人难忘的人和事。

本书从普通市民的视角描述一个普通市民家庭的变迁，一家人的喜怒哀乐、悲欢离合及生老病死。书中记述了几位亲人，我觉得他们都是有故事的人，他们曾进京艰苦创业、事业有成；或曾遭受打击、忍辱负重；他们从不同角度为社会做过贡献。静下心来，他们的音容笑貌常浮现在我的冥想之中。想念他们，也希望本书的读者能了解他们。

童年，在父母兄嫂姐的护佑下，在学校中校长、老师们的谆谆教导和爱护帮助下，求学、上进、不断成长，由衷感激他们，也用心记录了他们。

童年的趣事自然也都是凡人小事，但是，在一个孩子的心里却是永恒的记忆，所以我将它们也择要书写出来。

最后在"附录"中加写了一篇"生命中遇到的几位贵人"，都是几位难得的好人，写下来以示纪念。

希望这些都能与同龄人，与喜爱老北京民俗文化的朋友们分享。就以此文作为小引吧。

2017 年 4 月 5 日于北京寓所

文　诤

父亲王万青与钢刀王

家 世

先父王万青,号松山,生于1893年(光绪十九年),河北省完县才良村。该村位于保定市南二十多华里,是一个比较贫穷的村庄。父亲家有几亩薄田,兄弟三人,无姐妹,父亲是长子,需顶门立户,很早就承担起家庭的重担。父亲是一个有抱负,不安于现状的少年。除田间劳作外,西瓜成熟的季节,曾到保定城里去卖,也贩卖过荸荠等其他农产品。年纪轻轻,风吹雨淋日晒,锤炼了身体,增强了胆识。1907年(光绪三十三年),父亲十四岁,由村里人介绍到北京学徒。脑后梳一条发辫,一身粗布裤褂,布袜布鞋,背起小小的铺盖卷,拜别了爹娘,义无反顾地踏上了人生的旅程。

自康熙年间，手工业作坊在北京外城逐步发展起来，光绪初年有张顺兴刻刀铺开业。生产香炉、蜡扦的万昌锡器铺随后开业。该类行业主要分布在崇文门外，东打磨厂、崇外大街、金鱼池一带，曾有"锤剪刀锥百炼钢，打磨厂内货精良"之誉。清末，创办新兴工业之势兴起，此乃天时。在这样的背景下，父亲就落脚在崇文门外东打磨厂内一家作坊，学习制作蒙古刀的手艺。具体地址，师从何人已无从考察，三年的学徒生涯是怎样度过的全无记载。可以肯定的是，父亲悟性极高，学习十分勤奋，胸中积聚着日渐明晰的奋斗目标，满师后跟师傅干了不久，不知何故师傅的作坊不再继续经营，父亲遂决定独立创业。

1910年，宣统二年，父亲回乡与母亲完婚。母亲生于河北省完县大恩村，离父亲家五里路，母亲姓刘，乳名兰儿，无大名，长父亲两岁，生于1891年（光绪十七年）。母亲皮肤白皙，眼窝略深，缠足。性情敦厚，贤德聪慧，吃苦耐劳。婚后，父亲返京创业。1913年（民国二年）长女在家乡出生，父亲在京刚可立足，即接母女进京。自此夫妻并肩拼搏，荣辱与共，共苦同甘，直至白首携老，恩爱一生。

创 业

父亲以极其微薄的原始资金自行创业，创业项目自然是制刀。白手起家，从零开始，租住的房屋在东晓市附近。南城崇文门（哈德门）外的晓市，俗称东晓市，每日交易拂晓自动开始，天明即撤，故名，也被叫作黑市或鬼市。选此时间段，原因是京城一些破落的官宦和富家子弟，以变卖家藏旧物为生，又怕被熟人看见有失颜面，就选择天明之前去卖；也有偷盗者趁天不亮销赃，多有些见不得人的交易。每个摊位上，自备一盏小灯，煤油灯、电石灯等五花八门。晓市以售卖交换旧货为主，货物很杂，从金银珠宝到日用杂品，从木器家具到衣物布匹、书报笔砚，无所不包，真假难辨，贵贱杂陈。父亲就从这些旧货中陆续搜集到生产必备的旧工具和原材料，也可收集到一两件新奇刀具的旧样品，这种天赐的机遇，应属地利。锯、锉、钳、锤是最基本的工具；废旧锯条、子弹皮、汽车弓子、火车弓子、轨道钢等，均可经烧红后反复锻打，以排出废渣增加致密度。再经过整形、整平，使成为较好的钢材。手工剪切成小刀的形状，再用锉刀锉出刃口面，经过锻烧、淬火，以增加硬度，然后再经粗磨、细磨磨出刃口，达到锋利，并磨光磨亮，配装各色刀柄，即成简单的无鞘刀具。民国初年，在前门外珠市口至大栅栏地段的马路两侧，出现了夜市，民间称"前门夜市"，性质与晓市相似，但是，因交通方便，光顾者众多，十分热闹。父亲制作的小刀就拿到前门夜市去卖，物美价廉，销路不错。

有了原始积累，一个同宗的族弟王永清自乡下来京帮忙，抽刀、折刀等陆续试制成功，销售量一路攀升。后来二人合伙开设了"恒义和刀子局"，他们合伙的基础条件是什么，不详，合作时间也只能靠推断。生产有了较大起色后，为了事业进一步发展，父亲决定招收徒弟，王永清随后即分出单干。但是，两人一直保持着密切的联系，王永清是我家在北京的唯一亲戚，我们尊称他为"贵叔"，父亲在事业上给过他多方面的帮助。王永清后来创立的作坊名为"小刀王"，自产自销。作为北京市小刀制造业的创业者之一，在《崇文区地方志》上也留下一笔有关他的记载。

父亲自满师后至中壮年，在二十多年的时间里，是创造力最旺盛，体力和精力最充沛的阶段。生产、销售、创新、收徒、不断遴选更换材料、了解行情、扩大生产、结交同行朋友等等，是他最辛苦、最累，也是事业突飞猛进的关键时期。在此阶段生产品种基本定型，仿制或研制出小抽刀、小折刀、小宝剑、小腰刀等漂亮、新颖、精美的主打产品，也生产刀、叉、勺等成套餐具。用料也由开始的零散拼凑，改用质量稳定一致的正规板材。由样品般的单产，转为批量生产。1922年启用"钢刀王"字号，于1928年（民国十七年）在东安市场设立摊位。那一年父亲35岁，已在同行业中小有名气。

母亲进京时，最初租住在崇文门外驹章胡同一间四面透风的破屋内，买不起窗户纸，只能捡拾一些破烂衣物堵住窗洞，好在屋内尚有一铺大炕，铺上一领旧炕席，母亲从家乡带来简单铺盖，备些碗筷炊具，就算安了家，是名副其实的破瓦寒窑。聪明勤劳的母亲很快熟悉和适应了环境，大杂院中的穷邻里们对朴实厚道的母亲纷纷伸出了援手，在他们的介绍帮助下，母亲很快找到了一边顾家一边挣钱的门路，当然凭的完全是母亲

父亲遗像

可以付出的一双手和一身体力，为人缝补浆洗，将生羊毛纺成粗毛线。母亲不知疲倦、夜以继日地苦干，以至手指关节变形。在夫妻俩的共同努力下，生活渐渐走出了困境。在离驹章胡同不远的葱店后街，改租了条件稍好的四间平房，两间北房住家属，两间东房是生产作坊和徒弟们的住处。在这里我家住了十几年，二姐、换子姐（十岁因病夭折）、大哥、老姐、二哥和我都出生在这里。直到 1941 年，我四岁半时，父亲买下了崇文门外高家营胡同 25 号的一处两进的小平房（前后院共有六间半住房），我们才有了属于自己的家，那是父母通过二十多年的艰苦奋斗所得，的确来之不易。

收 徒

父亲收的第一个徒弟，即大徒弟，姓李，小名宝臣，大号玉田，河北省满城县人。浓眉大眼，鼻直口阔，厚嘴唇，面相忠厚；中等身材，虎背熊腰，身体十分壮实。父母让孩子们尊称他为宝臣哥，师弟们称他大师兄。此人心灵手巧，善于钻研，有一双粗壮的大手，由于常年劳作，上面布满了老茧。但是，这双看似粗笨的手，干起活来却无比精巧灵活，由他主持创制、改进、革新的工艺项目不在少数。师徒相处得十分融洽，自从得到这个徒弟，父亲如虎添翼，事业蒸蒸日上，这是上天对父亲的第三个眷顾，属于人和。宝臣哥不苟言笑，严格要求自己，处处以身作则；认真钻研业务，经常与父亲切磋技艺。自从在东安市场设立摊位之后，父亲主要负责营销、进料、联系协作等事宜。作坊内的生产安排、技术革新，几乎全部交给了李玉田，师徒彼此信任和尊重。宝臣哥满师后，按他的才艺和聪慧，自成一家与师傅对垒，是绰绰有余的，他却对父亲忠诚一生，秉承了师徒如父子的古训。父亲对他偏爱有加，他的工资待遇自然不同于一般。他的妻子不幸在家乡病故，父母为他在北京续弦安家操了不少心，在他续娶之前，他前妻留下的幼子，一度由我家照看。不过，由于他在徒工中地位特殊，难免助长了一些专横之气，自然也会引起能力较强的师弟们的不满。新中国成立后李玉田被评为八级工，"钢刀王"公私合营后，被聘为管理生产的副厂长，也算实至名归。

二徒弟姓谭，小名叫连友，大号洪声，被尊

称为连友哥或二师兄,身材高大魁梧,圆脸,弯眉细眼,略带佛相。连友哥只知闷头干活,不善言辞,创造力也不太强,所以从来不争名利,甘居老二。五十多岁时因病早逝。

三徒弟叫刘树槐,肤色白里透红,眉目清秀,聪明伶俐,但是,性格有些桀骜不驯,不大服从大师兄的管教,这为他后来与钢刀王分道扬镳另立门户埋下了伏笔。

早期招收的徒弟,还有一位叫王金友,此人也很聪明能干,因与大师兄不和,较早离开,另谋生路。这中间流动的徒弟还有几位,由于相处时间不长,没有留下太多记忆。

我记事时,上述三位徒弟已是中壮年,体格发育健壮,均有了家室。

以后又陆续收过几个小徒弟,如:高权忠、孔昭君、苏纪文、吕顺堂、霍金泉、高朝中、邵文荣等,搬到高家营居住时已增至八九个人。

徒弟们来时大多十五六岁。后来的这些小徒弟,实际已得不到父亲直接传授技艺,是以大师兄为师,父亲堪称师爷了。学徒周期三年,三年之内,没有工资。学徒期满可以自愿离开,愿意继续留下的,再商定工资,工资按小米市价计算。

据现仍健在的徒工回忆,工钱每月300斤小米,另提供免费食宿。搬到高家营后,师傅与徒弟同住在一个小院里,师傅一家住前院两间东房和后院两间半西房。徒工住前院两大间西房,徒工房间的安排布置大体是这样的,里间靠南墙放一大条案,上面摆一座钟,条案前设一张八仙桌,供吃饭之用。靠西山墙,有一铺大炕,徒工们的铺盖挨着摆成一排。炕上睡不下可另外用铺板搭铺,已有家室的可回家住。外间,就是干活的车间。

在高家营居住时,与这些徒工每天低头不见抬头见,非常熟悉。一起吃大锅饭,一起过年过节。有些事至今难忘。记得有一年农历五月十三,传说是关老爷(即关公关云长)磨刀的日子,突然,乌云翻滚,瓢泼大雨从天而降,只见连友哥迅速跑出房间,将院子里的沟眼堵住,顿时,小院里积满了水,他光着膀子,一面任大雨浇淋,一面挥舞扫帚刷洗院子,活像戏台上的一员猛将。每逢春节,刘树槐负责在收工的车间里,用秫秸秆搭一座一人多高、一米多宽的神棚,内供一张黄纸上印制的各路神仙。他把一条小金鱼放进一个装了水的废电灯泡里,挂在神棚前,能清晰看到小金鱼在水中漫游。高权忠曾带二哥和我去逛厂甸庙会，为我们买了风车和大糖葫芦。老姐有唱京剧的天赋，春节和徒工们一起包饺子，徒工们起哄，让她唱一段，她毫不忸怩，开口便唱，《女起解》里苏三"低头离了洪洞县"的唱段，常常是首选。唱罢，博得一片喝彩声，欢声笑语，恍若昨日。后来，我们搬了家，母亲父亲先后去世。新中国成立后"钢刀王"由于事业的发展，从家里搬出去，成立了独立的工厂，此后我与他们就再没有见面和接触的机会。因此，在我的脑海中只留下童年时最美好的回忆。可惜，这些老徒工都已不在世了，目前健在的只有霍金泉、高朝中、邵春年三位，都已是八十开外的老人。

作 坊

辞典上对"作坊"的解释是"手工业工厂"，这个定义是准确的。搬到高家营之后，父亲已收徒八九个人，初具规模，形成一个粗细分工有序的团队。所谓作坊其实就是一间二十多平方米的大房子，房间正中放一个巨大、厚重的原木制成的工作台，台面1米多宽、3米多长，厚10厘米左右，高约80厘米。徒工们在台子两边就座，坐具是长方形木凳，其高度以便于低头在台面上操作为度，常各自找一块合适的坐垫。每个徒工都有自己固定的位置，面前放着常用的手使工具，锉、锤、钻、钳等，没有电动设备。台面上方悬挂着100瓦的大灯泡。当时停电的时候较多，停电后，就点一盏气灯，是一种液体燃料汽化后燃烧照明的灯，上方有提梁，可高悬起来，下面有类似草帽檐一样的遮光罩，底座是圆形油壶，内装汽油，点燃时，需向油壶内打气，以便产生一种压力，使汽油能从油壶上方灯嘴喷出。这种灯没有灯芯，其灯头就是套在灯嘴上的石棉做的纱罩，纱罩经化学试剂浸泡过，汽油点燃后，遇高温，纱罩会发出耀眼的白光，比电灯还亮，但纱罩仅能一次性使用。大哥从小动手能力强，什么都抢着干，所以点汽灯的活儿必定由他操作，一蹴而就。

上下班时间以大师兄入座或离座回家为准。早晨八点左右即各就各位各司其职，全神贯注投入工作。每人的工作由大师兄统一安排，明确有序，除去使用工具的操作声，没有散漫懈怠现象或嬉笑打闹之声。午饭和晚饭后稍事休息，然后接着干活，除方便时，活动活动筋骨外，到晚上七八点钟收工,每天工作约十小时。

在前院南侧有一个小厨房,房内盘一个大灶,旁边连接一个大风箱,将硬煤原煤点燃后,安排一个小徒弟拉动风箱,鼓风催火,刀具钢材即在此大灶上煅烧。锻打是在院子里放一段半米多高的巨大树桩,上面放个大铁砧,一人用长钳夹住烧红的材料,一人举锤敲打,打到满意为止。在东房和西房之间有一段通往后院的北廊子,北廊子上放了一台一人多高的冲压机,由生铁铸造。利用冲模借助压力机的作用,对放在凹模和凸模间的板料进行冲裁,使产品形状、尺寸一致。机器上方安装一个一百多斤重的大轮盘,操作时需要两个壮实徒工密切配合,两人对面各站一方,双手把住轮盘,先将轮盘转至最高点,然后高喊一声"嗨",快速转动大轮使之高速下滑,只听"咣当"一声巨响,被冲压的刀具毛坯应声落下,这种毛坯要经过多道加工制作才能形成成品。

大灶除去钢材煅烧加工外,做大锅饭也要用,母亲、姐姐或大嫂负责做饭,小徒弟负责拉风箱,徒弟和师傅家吃一样的饭菜。厨房内经常生着一个高脚大铁炉,炉上总坐着一把大铁壶,为供应开水。炉左侧装有一个又大又深的汤罐(旧式灶上烧热水用的罐）。当时，师徒在家中都缺乏洗澡的条件，一般只能自汤罐中取热水擦身，洗澡须到街上的澡堂子，那就比较奢侈了。刚搬家时院内还没有安装自来水，要靠送水工送水，送水工拉一个木制水车，先到井窝子装满水，然后串胡同送水，哪家需要，就拔开水车塞子，让水流到木桶里，两桶算一挑，按挑计价，我家在门道内设一巨大的水缸，每次装满为止。污水的处理，因为街上没有下水道，所以院子里虽设沟眼，但也不能排放污水，各家备一泔水桶，请"挑泔水"的工人定时运走。那时垃圾不多，垃圾箱一律叫"土筐"，因为主要是装炉灰，由"倒土的"工人拉一辆垃圾车在胡同里摇铃或高喊"倒土"，各家将垃圾倒进车里。这些都是要付费的。胡同里没有公厕，一般家庭也没有抽水马桶，而是在后院一间很小的厕所里砌一个粪坑，"淘茅房"的工人背一个笨重的木制粪桶，内装一长柄粪勺，定期挨门挨户淘粪。

  这就是20世纪40年代一个比较像样作坊的生产生活概况。

工 艺

　　北京的手工业发展历史较早，门类繁多，其中刀剪行业占有一席之地。刀剪产品主要分为三类：剪刀类、菜刀类、小刀类。以民用剪刀和菜刀制造为先，小刀制造业发展较晚，不足百年，先父王万青就是小刀类制造业的开拓者之一。

　　小刀制作有一定的技术含量和技术难度，小刀制作者被称为"手艺人"，其产品也归于工艺品。"钢刀王"的产品选料和加工是极认真精良的，每个环节都严格把关，一丝不苟。曾有时人赞誉：用钢刀王的小刀"可以刮掉脸上的汗毛，裁纸无毛刺"，可见其锋利程度。父亲最早成熟的产品是折刀，这是仿德国产品制造的。后来，由于仿制者渐多，竞争力有所下降，所以，父亲急于创制新型产品，不断在晓市的摊位上寻找，希望有所启示。有一天，父亲忽然眼前一亮，在一个摊位上发现一把旧制小宝剑，甚为欣喜，如获至宝爱不释手，立即买下。这再次印证了一句名言："机会只会给有准备的头脑。"天赐"机缘"又一次惠顾了父亲，并成就了他的事业。父亲遂与大徒弟李玉田共同开始琢磨研制，经历了一个坚持不懈、探索创新的艰难过程，最终获得成功，形成产品。父亲又从宝剑联想到创制配套的小腰刀。据二哥回忆，他曾亲眼看到，父亲在灯下，为腰刀外鞘的装饰做过组合。用很薄的铜片剪裁出所需形状，包裹住刀鞘，然后用立钻打孔，再将铜丝穿过、斩断铜丝、铆上固定，看似简单，实际颇为复杂、精细（这就是后来腰刀上的饰件）。这样，小宝剑、小腰刀以后就成为钢刀王首创的拳头产品。

现主要以小腰刀、小宝剑和折刀的制作工艺为例，简述之。

一、小腰刀、小宝剑

刀剑的主要结构为刀体、刀柄、刀鞘三部分，从开料到制成成品，简单说有60多道工序，细分有100多道工序。

（一）刀体或剑体（包括刀身和刀柄或剑体和剑心）：裁板，依照模具样子将钢材冲压出形。用锉刀或砂轮去薄，以出刃口面，腰刀只锉单面，另面抢出穴槽；宝剑锉双面。煅烧、淬火，以增加硬度。打磨，淬火后刀体用粗石、细石、青石，从粗到细磨光磨亮，用牛皮背刃口，使其锋利。

（二）刀柄或剑柄：镶嵌顶端疙瘩、安装护

手、配装贴面（贴面材料款式要与刀鞘或剑鞘保持一致）等多道工序。

（三）刀鞘或剑鞘：原始制作工艺是将两片成型材料，中间起槽后用水胶黏合，经过锉形、组装、安装饰件（饰件用料是黄铜皮或白铜皮，开始用手工剪成云朵状，后用小型冲床冲压出形）、刨光，镌刻花鸟人物，然后再次刨光。

（四）拴穗、装盒。完成成品。

备注：刀具外鞘曾选用过多种材料，开始时用过铜皮、红木、玳瑁、鲨鱼皮、行酒令用的象牙牌子、牛角等，总之买到什么适合的材料，能裁制几个就做几个，这样在初创阶段反而造成了花色的变换，使产品更显得新颖别致。批量生产后则需用整块板材，当时赛璐珞（塑料的一种，可以染成各种颜色）已经流行，所以多为首选。对于白色刀鞘或剑鞘要外请人加工，刻制花卉，长年与父亲合作的有王大明师傅和李兴元师傅，以王师傅刻艺更为精湛，虽是单线平图却能显现出立体感，黑色刀鞘上刻花，涂以银粉，更加别具一格。方寸之地，镌刻出花鸟虫鱼、风景名胜、古代仕女（如十二金钗），神采飘逸，工艺精湛，为刀具增色不少。

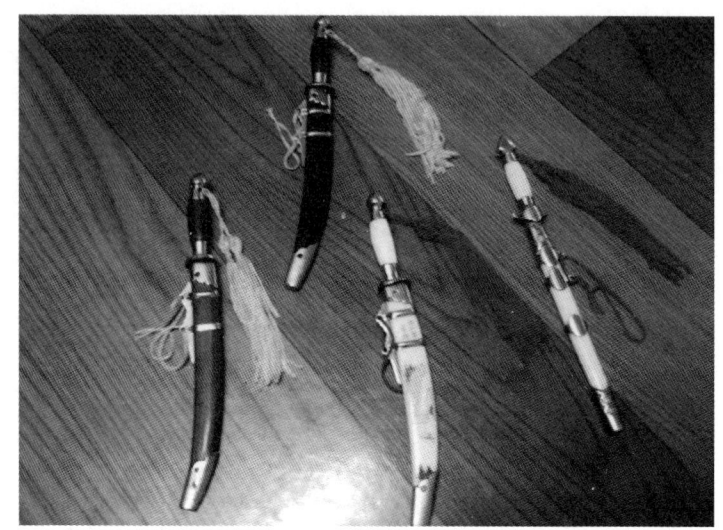

腰刀宝剑照片（霍金泉师傅提供 "文革"后产品）

二、折刀

折刀的主要结构为刀头、刀簧、内鞘和外鞘几部分。由于折刀开启要有较好的弹性，所以要选用有一定弹性的钢材。

（一）刀头：整板下料，冲压出形，冲眼（自此孔安装刀环），抢出穴槽抠手，粗磨刃面，煅烧、淬火、细磨刃面。

（二）刀簧及内鞘：制作程序都是下料、冲压出形、冲眼、蘸火、粗磨、细磨等。

（三）外鞘：自批量生产后多选用赛璐珞冲压成型，经打磨刨光。

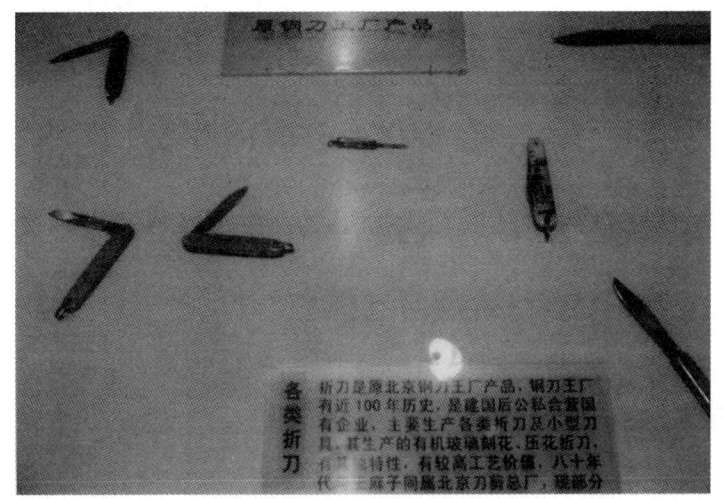

折刀照片（"文革"后产品）

（四）组装：先组装刀簧夹板内鞘，再装外鞘，装刀头，装刀环，粗磨、细磨、精磨外鞘，抛光刀头，开刀刃，背刀刃，整体抛光。完成成品。

备注：折刀刀鞘的取材变化也比较大，从使用各种杂料到使用正式板材。"文革"后钢刀王一度恢复生产，以生产折刀为主，曾选用有机玻璃、珠光玻璃制作外鞘，并将有机玻璃刻花借鉴到折刀外鞘上，新颖美观。

字 号

"钢刀王"的称号并非父亲自封，是同行业者给的。据有关材料介绍，一方面由于父亲姓王，从事制刀业，正如"刻刀张""葡萄常"一样，将职业特长与姓氏连称是当时的习惯叫法。另一方面父亲的产品确有独到之处，所以"钢刀王"的称号很快得到认可并广为人知。后来父亲接受并应用了这个名称作为字号。

父亲生产的小刀，初期是在前门夜市摆摊出售，后品种增加，销路打开，只在夜市摆摊已不能满足需求。自1928年（民国十七年）在东安市场南花园41号设门市部，正式命名"钢刀王"。当时东安市场为防火，小铺面一律改为铅铁皮顶的棚屋。钢刀王门市部的面积仅有4-5平方米，但位置极佳，设在十字交叉路口中央，十分便于南来北往的顾客驻足观赏。店铺上方悬挂着黑漆牌匾，上由冯恕先生书写的"钢刀王"三个描金大字刚劲有力，甚是醒目。门市部是一间方方正正的小房子，面积利用充分合理，东、西、南三面均安装玻璃橱窗，玻璃窗上都镶嵌了两排平行的细木条，木条上安放了疏密有度的小金属钩，用以悬挂展示各类刀具样品。南窗开有售货窗口，窗口下摆放展品柜，北墙西端封闭，放置储货柜，东端接出一块长方形刀把，所以，顶面观，摊位呈"L"形。因父亲长期在早市接触各类旧货，所以对古玩瓷器的鉴赏，积累了不少知识和经验，也陆续购进一些有收藏价值的珍品，有了固定摊位，就与主打产品刀剑等一并销售。为了充分利用这小小的门市部，父亲在东侧接出了一长条铺面，内设三层货架，兼营杂项，诸如：高档古瓷瓶、文玩核桃、竹器、灯具、料器等，偶有名人观赏选购，获利不菲。正侧面柜台上面是相通的，这样，一位销售人员可兼顾两处，构思十分巧妙独特，将自身特长发挥到极致。

门市部房内所留面积，只够二三人站或坐。请了一位北京人做销售伙计。此人身材高挑，精明能干，善于辞令，还会几句英语日常用语，是很称职的推销员。店铺内外每天都擦拭得窗明几净，悬挂展示的小腰刀、小宝剑配以金、银色饰件，大红穗子，象牙刀鞘上刻有人物、花鸟、山水；其他各类刀具色彩斑斓，可谓琳琅满目，很吸引顾客。不论大人小孩、中外人士都感兴趣。记得，父亲回家曾叙述，有一次，一个喝醉酒的美国兵，要了一把小刀，观赏后，没给钱就要将刀拿走，经售货员设法与其反复周旋，最后，还是将刀收了回来。可见，能在东安市场摆摊售货也并非易事。父亲为人处世的最大特点是待人以诚,在生意场上也是如此。如在东安市场摊位的柜台上方悬挂着一玻璃吊牌,上面用红漆写有"言无二价(ONE PRICE)"中英文对照字样。在当时多为可以议价的时代,他却坚持货真价实,言不二价,殊为难得,以此为"钢刀王"在行业中树立了坚实的信誉。在市场内,父亲与左邻右舍相处得不错,彼此照应。如"松寿特种工艺品商店""青年服装行"等曾是为"钢刀王"具保的商铺。有了这块看似很小的店面,使生产、销售顺畅地运转起来,为"钢刀王"的发展提供了一个闪亮的窗口,为其产品后来远销东南亚各国竖起了一块指路牌,这又是父亲走出的极为精彩的一着棋。

"钢刀王"东安市场门市部草图

老东安市场旧景

在此顺便回顾一下东安市场的由来与沿革。东安市场始建于光绪二十九年（1903年），其所在地原是降清之将吴三桂的王府。康熙平定"三藩之乱"（吴三桂、耿继茂、尚可喜三位藩王曾联合起兵反清）后，将吴之王府平毁，改为八旗兵的练兵场。随着清统治的日趋巩固，国内局势的稳定，原用于镇压反清势力的八旗兵已无用武之地，也不再进行操练，这处练兵场日渐荒芜，以至杂草丛生。后来，清朝国力日衰，终于导致八国联军攻入北京。丧权辱国的《辛丑条约》签订后，八国联军才退出北京。此后，慈禧准备修建东陵，而自故宫至东陵须出东华门，所以又令修缮东华门至东安门大街，但是，当时这条大街两侧已被众多杂乱无章经营的商贩占据，于是秉承慈禧的旨意，将商贩们一律驱赶到原八旗兵的练兵场内，自此商户逐渐在此空场内聚集，逐渐形成规模。

由于此处交通方便，深受京城百姓的欢迎，购物者众多。光绪二十九年（1903年），因其临近皇城东安门，所以正式取名"东安市场"。1912年2月，曹锟发动"北京兵变"，士兵们抢劫后又放火，把东安市场烧为焦土，后又重建。

在父亲进场的年代，东安市场已发展得繁荣且成熟，各类店铺齐全，由于是依空地陆续搭建，见缝插针，所以，初来者看不出有什么固定的格局，进入市场，常有"山穷水复疑无路，柳暗花明又一村"的感觉，很是引人入胜。既有大饭店、西餐店、糕点店、名戏园，也有普通老百姓喜欢的小吃摊、茶馆、相声场子、文人学者喜欢光顾的各种旧书摊。服装、鞋袜、古玩、金店、镶牙、照相等等，林林总总，不一而足。各商家的档次相差悬殊，高低兼备，所以能满足不同阶层顾客的需求。每个小商铺都有自己的特色，许多在大商店里买不到的冷门商品，在这里基本都能买到，真称得起集百货、副食、餐饮、娱乐为一体的"大众商城"。顾客之多，可谓川流不息。遗憾的是北平和平解放后，东安市场经历了多次改造，由私营商铺，改成公私合营，后改国营，小商铺陆续撤销，原来"曲径通幽"的结构被拆除贯通，逐渐失去了原有的特色。改革开放后又被港商改造成如今的豪华商厦，虽然在地下一层也点缀了几家"老字号"，但也仅是寥寥几家而已。昔日东安市场的繁荣与多姿多彩的景象只能留在记忆中了。

拾 零

由于父亲在世时对子女过于严厉，对父亲做的事，孩子们从不敢过问，在"子不言父"的历史背景下，连父亲的名讳也不能随便说，与父亲更没有交谈对话的可能。因此，只能捡拾一些零碎的表面记忆加以追述。现在能理解的，印象比较深的有关父亲的记忆包括：协作能力、应酬打点、经营理财、接济朋友、敬神拜佛、娱乐休闲、父子之情等几个方面，分别简述于后。

协作能力：父亲少小离家，过早步入社会，积累了不少对人处世的经验。因为聪明好学，很快掌握了一口纯粹的京腔京韵，不夹带一点乡音，给交往带来了便利。观察到父亲与人相处机敏随和，对行业当中的三教九流、各色人等应对自如。虽是经营一个小作坊，但是用工选人、选材进料，都要保障上乘，产品有些外加工，要尽量做到双利双赢。与父亲交往的人彼此都是礼貌客气，谈笑风生。开设在我家胡同口的"吴文魁"笔店，老板也是河北人，曾给父亲介绍过四五个徒弟，其中包括他自己的儿子，足见对父亲的信任和看重。

应酬打点：有时父亲在家请客人吃便饭，地点就设在西屋的内间，即徒工们的休息室。八仙桌上摆一些酒菜，以外卖送餐为主，隔着玻璃窗能看到父亲与人对饮，听到他以洪亮高亢的声音与人划拳劝酒，做出各种手式，娴熟地高喊："五魁首啊！""八匹马呀！""哥儿俩好啊！""六——！六——！""喝着！喝着！"一次，不知什么原因，胡同里的巡警找上门来勒索，父亲照例请了一桌饭菜，酒酣耳热之后，离去时，看到他们歪戴着巡警帽，醉眼蒙眬的样子，实在不雅。父亲在复杂的社会环境中，作为一个既无背景更无靠山的异乡手艺人，要与各方人事周旋，实属不易。除去对孩子们可以发发脾气，只要出门离家，天天时时要保持着谨小慎微如履薄冰的状态。

经营理财：父亲是否读过私塾不得而知，只看到他算盘打得噼啪响，用毛笔记账时字迹似行草，熟练漂亮。带蓝色封面的专用记账本很厚，用毛边纸装订而成，平时锁在"银柜"里，银柜就是厚重的红漆木柜，上加一把大铜锁，只有父母能够开启。门市部有销售员帮助记账，在家则由父亲亲力亲为。父亲常常早出晚归，整天在外忙碌。一方面每天要到东安市场了解营销情况，另一方面要联系原材料更新、选货、进货，优质原煤燃料的定购，与协作者，如刻花的、电镀的匠人或作坊研究承接或改进措施等事宜。

接济朋友：我们隔壁住着胡同口一家理发店的眷属，有时店主的妻子站在大门口，碰到父亲出门，她必高喊一句："王掌柜，行善去呀！"父亲总是微笑点头作答。父亲脱了贫，没忘穷朋友。老邻居、穷亲戚、遇到困难的同行、朋友等，都是父亲接济过的对象。原住葱店后街的老邻居张大爷，常见他一把鼻涕一把泪地向父亲述说着苦情，告别时面部表情已舒展开来，这种借钱场景见过多次，当然是只借不还的。街口对面的一家羊肉铺遇有经营困难，因父亲是他家的常客，所以向父亲提出借贷，父亲及时给予无息贷款，缓解了该店的燃眉之急，他家对此感激不尽。

敬神拜佛：父母信佛，我家后院西屋设有佛龛、铜香炉、直径约20多公分的铜磬，家中遇有大事，父母必焚香礼佛，祈求神明保佑。铜磬敲起来，声音悠长悦耳，余音绕梁。每年春节，吃完"五更饺子"父亲就离家，匆匆忙忙奔赴"老爷庙"，即前门关帝庙，赶烧正月初一的"头炷香"，为全家祈福。北京西山北麓的主峰叫妙峰山，距市区一百多华里，其中包括几十里的山道。山顶上建有"天仙圣母碧霞元君祠"，俗称"娘娘庙"。每年农历四月初一至十五开山，迎接各路香客。届时各种民间香会，均朝顶进香，沿途边走边演，鼓钹齐鸣，热闹非凡。还有各种慈善会，相隔数里即搭设粥棚、茶棚，免费提供食宿。"娘娘庙"香火鼎盛，四面八方赶来朝拜的善男信女约有数十万之众。从我记事起，父亲是每年必去的，与东安市场内热心的香客们（现称"驴友"）结伴同行，徒步往返，以示虔诚。父亲走远路那是家常便饭，我从不知道父亲几点出发，可能我正在酣睡中。只记得，那天午后，我到苏州胡同找同学玩，在崇文门门洞附近正遇父亲朝圣归来，只见他风尘仆仆，身挎黄布香袋，黄布方巾包头，上面斜插着一朵"福"字红绒花，表示"戴福还家"。现在读到有关介绍资料,仿佛看到了当年络绎不绝朝圣的人群,以及父亲努力攀登的身影。

娱乐休闲：为了应酬,父亲学会了抽烟喝酒和打牌,但他自律性很强,均未形成嗜好。父亲晚年有些余闲,喜欢养鸟、养蛐蛐儿、养蝈蝈儿,这些本来都是农村儿童的天然宠物,无不被父亲玩得得心应手,且达到相当高的水准。父亲养了一只百灵鸟,笼底正中,设一专门为鸟唱歌的圆形小高台,只要父亲对鸟举起指挥棒（一根粗筷子）,鸟儿就会站上演唱台,父亲将棒在桌上敲三下,鸟儿随之上下点三下头,然后即开始引吭高歌,学出全套各种鸟鸣。父亲对古玩瓷器也粗通一二,时有买进卖出,有时也鉴赏把玩。据二哥回忆,父亲曾购得几件珍贵文物,包括清代御用瓷瓶和其他名贵瓷器,珍藏在床铺下。不过,在"文革""破四旧"时,已被红卫兵砸成碎片,现已荡然无存。

父子之情：父亲对子女的表情总是严肃的,孩子们都很怕他,只要他一回家,就纷纷溜到后院躲开他。但是,现在回忆起来,父爱是深藏于内心的。父亲很重视孩子的读书受教,尤其对两个儿子,很小即由姐姐们陪同入私塾就读。这样，陪读的姐姐们也都有了识字的机会。而且父亲很能"与时俱进"，新式小学兴起以后，即将孩子们转入，并很快又转入有名的教会学校。对两个儿子的要求，除去学文，还要习武，当时花市大街有一座废弃的火神庙，里面开办了少儿武术班，大哥、二哥都曾在里面学过武术。父亲还带着他们除夕夜去前门关帝庙进香，路过打磨厂胡同，曾指点给他们认知过去学徒的地点（学徒时的作坊早已不在），告诉他们过去如何拉着独轮车经过此街到前门夜市去摆摊售货。寒、暑假要求他们到东安市场门市部帮助站柜台，熟悉经营环节。还要二哥帮助给腰刀、宝剑拴穗，为产品做最后的装扮。大哥、二哥平时得到的零花钱可能不少，大哥买了小型油印机、钢板、铁笔，自己刻蜡版，办小报。二哥多才多艺，买了画架、画板、油彩，独自到颐和园去写生；买了高档笙、笛、箫，与同学组织起民乐队，曾在家中吹、拉、弹、唱；在后院泼冰场，买跑刀鞋，练滑冰。由于家境好转，我又是老小，因此有幸随两位哥哥就读名校，完成了学业。对比母亲对我的爱，总感觉父亲并不怎么喜欢我。但是，有一件事，却深深刻印在我脑子里。那是我刚上小学一年级的时候，一个夏日傍晚，我正在院子里玩。父亲回来，坐在院子里的矮凳上，喊我过去，让我低头，在我脖子上戴了一根配有心形吊坠的银制小项链。小小的心形吊坠，上面雕着花纹，并且可以开合，虽然是旧货，但做工十分精致。自此我一直戴着它，直到"文革"前，因为经常要带学生下乡搞开门办学，怕戴着项链影响不好，就摘下来，放在家中抽屉里。"文革"中被红卫兵抄家时掠走。父亲留给我，并亲手为我佩戴的唯一的一件礼物，就此永绝。

口 碑

先父王万青1955年病逝，已故去六十多年，"钢刀王"也不复存在了。但是，时至今日仍有人记得他，并在《北京市崇文区志·人物篇》中附有他的小传。"钢刀王"也被记录在《北京志》上。今天读到这些文字，身为他的后人不能不为之动容。可见一个人，不论身份显赫或卑微，不论文化水平高低，只要他为社会做过一点实际贡献和有益的创造，人们就不会忘记他。

现将手头存留的点滴相关资料摘录于下：

〔钢刀王〕生产销售的小刀，不仅是裁纸、削水果的工具，还必须是外观漂亮、新颖、可欣赏的玩物。经过研究，试制出长不过四寸的精巧、别致的小宝剑和小腰刀。这种产品一上市就受到广大顾客的欢迎，生产多少卖多少。除在北京销售外，还远销南洋各地。"钢刀王"成为北京很有影响的一家手工企业。

（王永斌《北京晚报》1995.10.31）

"钢刀王"是人们送给小手工业者王万青的美名。王万青为人勤奋，头脑活，富于创新精神，他于民国初年，在东安市场南花园小售货亭卖小刀，他的钢刀质量属于最好的……王万青经过多次试制、试销，最后制作出长只有三寸，外形精巧、别致的小宝剑、小宝刀型的钢刀，这种产品一上市就受到广大顾客的欢迎，生产多少卖多少，天天脱销。这种新产品除在东安市场销售外，外地各省市也来找"钢刀王"订货。后来，远销至东南亚各地，成为东安市场很有名气的产品。

（王永斌《北京的商业街和老字号》，北京燕山出版社，1999）

民国时期，老北平有个著名的艺人叫王万青，是一个制作钢刀的好手，人称"钢刀王"。第一重含义，他姓王；第二重含义，他是钢刀业里的王者。初见这把小刀，我不由得惊喜起来。反复跟朋友"磨叽"，朋友就是不肯转让。只好拍下来照片，作为纪念。此刀，钢刃锋利，刀柄稍残、整体长度15.6厘米、刀身上刻"钢刀王"三个字。此刀为文房削纸专用，是当时文房必备之品。此宝贝整体精美漂亮，与朋友共享雅正。

（2003年·搜狐网·一杯白水）

王万青于1925年改铺号为"钢刀王"。所产小刀极锋利，裁纸无毛刺，能刮掉脸上汗毛，一度为市场"抢手货"。但由于外形陈旧，渐被冷落。于是，王万青努力改进小刀外观，同时研制新品种，生产出精巧别致的小宝剑和小腰刀，重新打开局面。产品不仅畅销北京，还远销东南亚各国。1956年公私合营时，"钢刀王"工厂有37人，在政府扶持下，1961年发展到144人。1966年该厂迁往沙河镇，一度并入王麻子刀剪厂，后又分出。"钢刀王"的小刀一直保持口薄锋利、抗锈力强的特点，年产量最高时曾达126万把，型号数十种。

(《北京市崇文区志》,北京出版社,2004)

还是更早些时候我和妈妈、姐姐去东安市场,看到了"钢刀王"三个大字,里面挂着的那些红穗、彩色的各种各样的、精致的小刀,对我的吸引力特别大。我心里想:"怎么世界上还有这么美丽的东西呀?!"这种印象到现在都能强烈地闪现出来。

(河北邯郸陶瓷研究所高级工程师 刘珂 2013 信函)

北平特产的小宝剑小挎刀是非常可爱的。
(梁实秋,《梁实秋散文·第四集·东安市场》)

结 局

父亲于 1955 年因脑卒中病逝,享年 62 岁。由于此前病程已绵延两三年,所以大哥王尚文已提早告别高中,接替了父亲的工作。1956 年北京市小刀行业实行公私合营,王尚文代表私人资本,为促企业发展,国家也注入了资本。吸收了蒙古刀、鱼刀、抽刀、剃刀等作坊，成立了"北京钢刀王工厂"。王尚文为资方代表，任副厂长，原"钢刀王"大徒弟李玉田代表工方，任生产副厂长，正厂长由政府委任。产品商标仍沿用原钢刀王的两个商标："双锤"商标及"钢刀王"字样。公私合营后，王尚文积极性很高，与李玉田默契配合，不断更新材料，增加品种，最多时达到百余种，从业人员增至150多人，逐步过渡到规模化生产。刀体用规格尺寸的钢板，以机械冲压成型，代替了手工剪切。以机械砂磨、滚光、抛光，代替了手工锉磨。换用了不锈钢材料，使刀身更加光亮防锈。又借鉴了景泰蓝、漆雕等工艺装饰刀鞘，使产品更具艺术性、观赏性。由此"钢刀王"的产品一度成为北京市民收藏、馈赠的佳品，在东安市场"钢刀王"专柜上，每天销售小刀上百把，因此受到市政府多次表彰，当时的北京市副市长贾庭三曾来厂参访，"钢刀王工厂"的发展此时达到了鼎盛时期。

大哥王尚文读过私塾，背诵过四书五经，又就读于中小学名校，所以文化功底扎实。为人热情好客，性格幽默诙谐。公私合营时王尚文28岁，年轻人易于接受新鲜事物，被任命为副厂长后，工作积极主动，与各合作方协调良好，不断与李玉田一起商量，提出新点子、新建议，促进了企业的较大发展。作为要求进步、有文化的青年资本家，他得到工商界领导的器重和多次表扬，情绪也很振奋。"钢刀王"沿用多年的"双锤"商标是父亲在世时，由王尚文建议、设计并亲手绘制的。公私合营后，"钢刀王"的发展壮大也包含了王尚文的一份心血，至1966年，十年间，从主流上评价，王尚文并未辜负先父的期望，其业绩也是客观存在的。

  1966年"文化大革命"来临，大哥家被抄，根据一些不当言行、资产阶级生活方式等，被革命群众判定为"反动资本家"，停发工资，以"扫地出门"的方式，遣返到父亲的出生地河北省完县才良村，一同被遣返的还有大嫂和3岁的小侄子。当年大哥38岁，自此从事农业劳动，靠挣工分养家糊口，前后历时12年。1978年落实政策返京时，他已50岁。虽然安排了工作，补发了工资，但因此前患有严重的高血压病，在农村常年未经诊治，返京后，又因一时适应不了紧张的生活节奏，最终导致大面积心肌梗死，于1985年夏病逝，时年57岁。

"文革"期间,"钢刀王"更名为"北京文革制刀厂",小腰刀、小宝剑属于"四旧"类产品,被勒令停产。1969年由于战备需要,厂址被全迁至京郊昌平县沙河镇,制刀厂取消厂级编制,作为一个车间并入"王麻子刀剪厂"。"文革"结束后,1981年全市工业布局再调整,恢复"北京文革制刀厂"厂级编制,更名为"北京市刀剪厂",1983年北京市政府决定恢复老字号企业,"北京市刀剪厂"再改回"北京钢刀王工厂"原名,并在海淀区清河南镇择地另行建厂,1986年迁至新厂址。新"钢刀王"以生产各类折刀、折剪、小型办公剪刀为主。老"钢刀王"的主导特色产品小腰刀、小宝剑不再生产。(小腰刀、小宝剑等产品,1981年,由原钢刀王厂数名熟练技术工人,另组建"北京美术宝刀厂"负责生产,由于缺乏得力的领导者和组织者,坚持数年以后,老工人陆续退休,手艺得不到传承,工厂自行解散,确切解散日期不详。)迁厂后全厂建筑面积4000多平方米,主要设备200余台,年产折刀200余万把,折剪500余万把。将有机玻璃刻花技术移植到折刀外鞘,成为全国独家产品。该厂按照国家轻工业部及国际刀类标准生产,产品质量达到国家标准,在历次全行业质量评比中均名列榜首。该厂"工字牌"旅行折剪及"双锤牌"不锈钢折刀均被授予"国家轻工业部优质产品""北京市优质产品"。其中,折剪90%远销东南亚和欧美等国家和地区。"钢刀王"实现了又一次振兴,企业也度过了较为辉煌的几年。只是,王尚文已辞世,这其中已没有了他的贡献,是其他同仁努力奋斗的结果。

上世纪90年代开始,国内市场全面放开,产品不再由国家包销,取消了原来"钢刀王"所享受的保护性优惠政策,加之企业一时又缺乏市场应变能力,故生产经营状况逐步下滑,最终导致濒临破产。1997年6月27日经北京市经济委员会批准,"钢刀王"所有产品停止生产,该厂员工并入"北京汽车水泵厂"。至此,"北京钢刀王工厂"完成了它的历史使命,不复存在。

几点说明

一、写作缘起

母亲于1953年去世,两年后,父亲去世。子女之中三个姐姐和大哥也相继离去,目前只有二哥王尚武和我还在，也均已进入耄耋之年。二哥因工作调动并定居深圳多年，我仍留居北京。几年前，父亲的外孙张振华和重外孙张云龙告诉我，在网上看到一些有关"钢刀王"的讯息。后来张云龙将有关材料下载寄给我。仔细阅读这些文字和图片，很受感动，一方面，作为直接享受到父亲创业恩惠的子女，却没有写什么怀念的文字，自觉愧对父亲；另一方面，从有关资料上看到，父亲的名字、生卒年代有误差，身为后人有责任予以澄清。另外，有关"钢刀王"的演变历程及顺序也需要进一步核准，如果现在还不抓紧，随着亲历者陆续故去，以后恐更难考证清楚。鉴于此，我决心在有生之年完成此事。但是，由于父亲在世时我尚年幼，了解的情况十分肤浅，所以，不做些调查核实工作，不敢轻易动笔。遗憾的是，父亲已去世六十多年，因年代久远，中间又发生过较大的动荡和变迁，有些资料已很难找到，很多当事人又已作古，所以，这份回忆录也是不够完满的。

二、寻访过的单位和个人

我找到了厂址设在昌平区的北京栎昌王麻子

工艺有限公司，寻访到"钢刀王"最后一任厂长，他给予了我热情诚挚的接待，为我详述了"钢刀王"工厂的演变过程，并为我书写了《北京刀剪发展史——钢刀王工厂的历史变迁》三千多字的长文，提供了极为宝贵详实的口头和书面材料（该厂长在北京市刀剪行业协会曾出任过秘书长）。他还为我指点了尚可联系到的几位老徒工，给了我最大的帮助和支持（为尊重本人意见，恕不能写出该厂长的姓名）。我寻访到分住在南城不同地区的霍金泉、高朝中、邵文荣三位师傅，他们是父亲在世时最后收的几位徒弟，均已是八十开外的老者，都在过着幸福美满的晚年生活。他们分别回顾了当年老"钢刀王"作坊生产、生活情景，还为我清晰地讲解了小腰刀、小宝剑制作的工艺流程。尤其是霍金泉师傅，是公认的制作小宝剑、小腰刀的最优秀的传承人，霍师傅告诉我，他为了向李玉田大师兄学习制作小腰刀、小宝剑的手艺，曾两年没有回家探亲。除去热情接待、详细讲解外，霍师傅还将他珍藏的"文革"后生产的几件产品，无偿赠送给我，另有几件则取出供我拍照。

我在北京市档案馆查找到，新中国成立后保

存的有关"钢刀王"的几份十分珍贵的资料,其中包括新中国成立初期,市政府在做工商业者调查登记时,父亲填写的简历,还有大哥用毛笔书写的一份("致北京市工商管理局行政科")信函。在"北京(地)方志馆",查找到《北京志·二轻工业》和《北京市崇文区志·人物篇》,上面分别记述的有关"钢刀王"和先父王万青的资料。

除此还参考了多本有关《北京老字号》《老北京的民俗》《老北京人的生活》等相关资料。

我在写作过程中,初稿及修改稿反复寄给二哥,他给予了认真详尽的修改和指点,使文章中的叙述尽量做到了真实少误。

三、"钢刀王"的后人及现状

有热心人在网上关心"钢刀王"的后人及其现状,现敬告。先父母育有四女二子,现只有一子一女尚在,即二哥和我。二哥从医,我从教。后代当中,除大哥王尚文外,其他子女无人继承父亲的事业。大哥之子,王振宏,自旧居拆除搬迁后即失去联系,目前情况不明。二哥之子王煜,于20世纪70年代赴美留学,取得博士学位后定居美国,从事医药卫生工作,育有一女一子,已属美籍华人。"钢刀王"工厂已不存在。老"钢刀王"的产品由于各种变迁的原因，在其子女手中一件也没有保留下来。热爱、关心钢刀王拳头产品腰刀、宝剑的老师傅霍金泉，曾随大师兄李玉田勤奋学艺多年，掌握了精湛的制刀技艺，可惜，他已年老体衰，有心无力了。

  本文能够完成，承蒙社会贤达多方鼎力相助，也是先父阴德所及，恕不一一详述，在此深深鞠躬致谢。

2015 年 8 月 3 日于北京
2017 年 1 月 21 日有所增删

怀念母亲

在我 14 岁的时候因病休学,为了让我早日康复,母亲带我回了农村的老家,使我有机会看到了父母的出生地,留下了深刻的记忆。如今,父母亲早已作古,我也已至耄耋之年,母亲伴我在幼年和少年时代共度的金色时光,常常萦绕于怀,迫切想把这种思念之情抒发出来,追忆追记了下面一些故事。

母亲的青春年华

母亲姓刘,乳名兰儿,没有大名,户口簿上的名字是王刘氏。生于 1891 年,清朝光绪年间,阴历十一月初九,1953 年辞世,享年 62 岁。母亲出生在河北省完县一个美丽富饶的村庄,叫"大恩村"。离村不远有一条清澈悠远的"恩村河",河不算宽,但水量丰沛,夏季是孩子们摸鱼、网虾、捞螺蛳、戏水的好去处。母亲家的前门通村里,后门通村外,中间是一个狭长的院落。村里街道整洁、宽阔、平坦,有几栋青砖到底的高大宅院,门扇紧闭,那是富有之家。母亲家是土坯房,只有栅栏门。出了后门是一大片杏树林,杏林外围种着许多粗大的垂柳。春日,垂柳依依杏花怒放,蜜蜂蝴蝶纷飞,好一派大好风光。杏林边,靠近村落,有一大石碾,那是饭后人们纳凉之处,也是姑娘媳妇们推碾子磨面的地方,我的母亲就常在她们中间,虽小小年纪被裹了脚,但并没有影响到她的活泼与快乐。她生性聪慧勤劳,很小就知道帮大人干活。母亲有两个哥哥、一个姐姐,她是老小。母亲皮肤白皙,眼窝略深,梳一条又粗又黑的发辫,面相老实敦厚,是一个让人一看就会信任喜爱的小姑娘,是爹妈的宝贝。母亲家有几亩田,因为有两个能干的哥哥作为壮劳力,所以家中始终过着自给自足的小农生活,不用借贷也不用帮人打短工,是能满足温饱的平安幸福之家。

十九岁时母亲结束了少女的自由时光，嫁到了离家五里外的才良村王家。村前有一个巨大的深坑，雨季储满了水，叫王家壕。进到村内街道狭窄且坑坑洼洼，不大整洁，显然没有人主持整治过，是个比较贫穷的村子。父亲王万青，家有兄弟三人，无姐妹，父亲是老大，要顶门立户，支撑这个家。父亲小母亲两岁，丹凤眼，高鼻梁，中等身材，聪明能干，不安于现状，十四岁进京到铁匠铺学徒，师满后回乡与母亲成亲，婚后又返京创业。父亲的二弟尚勤奋，三弟因为是老儿子，备受娇惯，脾气暴躁好逸恶劳，有时拿母亲撒气。一次，母亲正弯腰围着锅台做饭，他回来看着不顺眼，抄起门后的一根木棍就向母亲的后腰打去，棍子竟断成了两截，这是我懂事后听母亲口述的。母亲要承担一大家子人的一日三餐，缝补浆洗，纺线织布，起早贪黑，终日操劳。母亲头胎生了大姐，自然得不到公婆的欢喜，就这样苦熬了几年，终于盼到父亲凭手艺挣钱，有了基本养家的能力，才把母亲接来北京，夫妻共同开始了艰苦的创业生活。

母亲遗照

破瓦寒窑从零开始

母亲刚进京时租住的是一间四面透风的破屋，在崇文门外驹章胡同。正如黄梅戏《天仙配》中所唱的："寒窑虽破能避风雨，夫妻恩爱苦也甜。"母亲除揽些为人缝补浆洗的活计外，还利用农家女的特长，帮人将杂乱无序的生羊毛纺成线，羊毛很脏且味道难闻，母亲就坐在羊毛堆里，面对纺车，昼夜不停地劳作，后来母亲曾给我们看过她的手指，右手食指第一指节，因常要钩住纺车的摇把，已明显弯曲变形。家庭不断添人进口，两个姐姐出生后，又生了一个女儿，因缺男孩，被取名"换子"。她之后确实换来一个儿子，就是大哥。可惜的是这个姐姐十岁时患病夭折，母亲痛悼爱女终生难安。我多次听母亲悼念："'换子'是最懂事、最聪明、最好看的孩子，两只水灵灵的大眼睛，总是望着我，总想能帮我干点什么。""她要活着该是……""换子"姐因未成年，家境又贫寒，小尸体就被卷了一张芦席，埋在乱葬岗内，至今早已与大地融为一体，复归自然了。

数九寒冬，滴水成冰，是北京最难熬的季节，在天桥儿每逢此时均有善人设的粥棚，穷人们排着队，拖家带口，携带各种容器，按人头份领取，母亲领着女儿抱着儿子，分得几碗热粥，对于这种善举，母亲是没齿不忘的。

父亲学徒期满出师以后，正值军阀混战时期，父亲与一位族弟合作，曾利用废子弹退下的铜皮做刀鞘、饰件，手工制成，供裁纸或削水果用的小刀，拿到早市或夜市上去卖，慢慢有了一点原始的资金积累，后来父亲招收了徒弟，族弟提出单干，我家也从驹章胡同搬到葱店后街一处条件较好的大杂院里，租住了两间北房，住家属；两间东房，住徒工兼做作坊。父亲手巧，思路活，肯吃苦，注重产品质量，并不断改良创新，逐渐有了较稳定的客户。历经十余年奋斗不息，有了几种稳定、独特、精致、漂亮的产品，如：小宝剑、小腰刀、小抽刀、小折刀等，创出了自己的品牌，取名"钢刀王"，在东安市场占据了一席之地，有了自己的小小的门面店铺，家庭经济条件也得到了较大的改善。

后来母亲又生了老姐、二哥和我。在我四岁半的时候，我家买了自己的房子，地址在崇文门外高家营胡同 25 号。那是一所两进的小平房,没有北房,前院有两间东房、两间西房;后院只有两间半西房,北面是走廊,可通后院。院子不大,前后两个小院子加起来只有三十多平方米。地面用水泥抹平,显得洁净光滑,对于当时多数院内是砖墁地或土地而言,是很新颖的。孩子们无比兴奋,前院后院跑着跳着,毕竟有了自己所属的天地。房屋的分配,大体是,年幼的孩子随父母住把门的东房,年长些的哥姐住后院,徒弟们工作和休息在高台阶上的两大间西房,这时徒工已发展到八九个人。当时一些老式住宅还保留了炕,我们买的房子每间睡房都有炕。炕上铺了很厚的炕毯,再铺炕被,临睡时还要铺上褥子,所以很暖和。炕的优点是,结实、平整、安全、利用面积大,与房间一样长,可以睡很多人,可供儿童玩耍,母亲可在炕上做针线活。父母亲都来自农村,很喜欢炕,所以我们家一直睡炕,直到我十三岁,第二次搬家时才改为睡床。吃饭时炕上放张小饭桌,大家脱鞋上炕,围着饭桌盘腿而坐,像一个个小佛,现在想来十分可笑,但在当时是非常热闹温馨的。

当家理财的贤内助

母亲在迁居前后,大大地忙碌了一阵,搬家事务的一切安排料理,孩子和徒工们的吃喝用度,十几口人相当于一个大家庭,全在母亲的运筹帷幄之中。当时大姐已出嫁,二姐虽年已及笄,但尚未婚配,协助母亲理家。徒工与我们形同一家,当然,徒工们都是少小离家,背井离乡,自然都有各自的离家之苦。我们尊称年长的徒弟为某某哥,和徒工们吃一样的大锅饭,父亲向我们反复告诫的话是:让徒弟们吃了能变成财富,让我们吃了只能变成废物(这话自然是很伤孩子自尊的)。基于父亲的这种观念,他从未打骂过徒工,在吃喝待遇上也比较宽松,与当时的人均生活水平比较,我们的伙食条件还是可以的,让大家吃饱更是没有问题。注意干稀搭配,花样也有变换。印象较深的是杂合面(玉米、小米、黄豆混合磨成粉)大窝头,刚出锅时,真是又暄又香;大米加小米做的二米饭;两样面(白面掺少量玉米面)手擀面条,那是真正的手擀面,巨大的案板,巨大的擀面杖,将一大块和好的面饼擀成薄片,折叠起来,用快刀切成面条,当时,一般的家庭主妇都有这个手艺。但要是擀出够全家吃的量，主妇们额头上常要挂满汗珠。面条常与倭瓜（即南瓜）、豆角煮在一起，叫热汤面。这样一大家子人，手中有粮心里才不慌，卖粮食的小贩姓窦，与母亲很熟，来了什么新的好的粮食老窦都要向母亲及时推荐，母亲备一口大缸，放在后院，专门用来储备粮食。日本鬼子侵入北京，为了应付鬼子和汉奸，曾派二姐出去排队买过混合面，家中也吃过一两次霉臭发黑的混合面窝头，其味道实在让人难以下咽。不过，我家从未闹过粮荒。

深秋一到，母亲就开始忙于腌咸菜了，一大缸腌水疙瘩（芥菜头，南方叫大头菜）；一大缸腌雪里蕻；一坛子腌洋姜和甘露（这属于精致咸菜）。那时北京冬天比现在寒冷，咸菜缸就放在院子里。腌菜的劳动量是极大的，中间要倒几次缸，才能把菜腌透入味。母亲腌菜的手艺极佳，腌好的雪里蕻鲜嫩碧绿，咸淡适度，清脆宜人，是喝粥时必备的小菜。另一件大事就是冬储大白菜了，堆成小山一样的白菜被靠墙码放在不生火的房间内，盖上旧棉被。倒腾大白菜成为孩子们冬天的重要劳动，天气晴好之日，要将白菜抱出去晾晒，太阳落山前再抱回来，每个孩子怀中抱一到两棵菜，跑进跑出，往来穿梭，犹如蚂蚁搬家，在我心目中，实在像做隆重又有趣的游戏。白菜帮子母亲一片也不浪费，洗净后，用开水焯一下，剁碎，加上油渣（当时吃猪油机会较多，炼制后会出一些油渣），撒上花椒盐，拌成馅料，蒸玉米面菜团子，出锅时，色泽金黄，香气扑鼻，味道好极了。

除了吃以外，储备燃煤就是另一件大事，由于生产刀具需要旺火煅烧，所以要用大块的硬煤原煤，这样在击打敲碎时，就会剩下许多煤末子，大批量的，就请摇煤球儿的师傅到家中院子里摇；剩余的，母亲将它们收集起来，掺些黄土再加水混合，然后用手攥成煤球，这是很脏很累的活。

还有一件大事，就是纳鞋底和做鞋。做鞋的基本原料是袼褙，母亲将铺衬（各种旧布、碎布）洗净展平，用稀浆糊分层裱在一块木板上，成一厚片，晒干后揭下来就是袼褙，这要准备多张，以备一年之需。当时妇女们虽然识字的不多，但家中都有一本很厚的洋装书，用来夹大人、小孩的大小鞋样和绣花用的各种花样，以备做鞋或绣花时挑选。做鞋的步骤大体是，先比着鞋子的底样剪下一定数量的袼褙，一般要四到五层，每层袼褙的毛边要用白布条裹起来，最上面一层用一整块白布包好，打理整齐，就可以开始纳鞋底了，这是当时一般家庭女孩子都要学的手艺。纳好鞋底，还要做鞋帮，最后一道工序是把鞋底鞋帮缝到一起，叫"绱鞋"。那时孩子们的衣服和鞋都是由母亲和姐姐们手工制作。袜子破了，有一种特制的木袜板，将袜子套在上面，用碎布可单纯补包头、补后跟、补袜底，或前、后、底全包全补。母亲常说："衣服笑破，不笑补。"母亲是绝不让我们穿破衣破袜的。就这样，在母亲的精心操持下，用她的一双万能的手，使我们一年四季有菜有粮，衣服、鞋袜整齐，全家过着温饱不愁的生活。

母亲为我们过好三节

除去日常生活，就是筹办端午节、中秋节、年节——两节一年的重头戏了。大家一年到头辛苦，平时虽然处处节俭，但是，节日里，母亲一定要做到食品丰盛，让全家过得放松、快乐、满意。母亲对此是极为认真负责的，用"一丝不苟"来形容绝不为过。（另见单篇详述。）

陪伴在母亲左右的金色童年

我是母亲的幺女,取名文争,"文"字是随二哥"文生"的"文"字排行,"争"字在我们老家的含意是"尚不足,还很需要"。因为我出生时,有位街坊说:"又是个丫头!"母亲立即以"就争这一个"作为回敬,故取名"文争",小名就叫"争儿",给了我生的尊严。这是我懂事后,亲耳听母亲告诉我的,"争儿"的名字一直叫到小学毕业才改叫大名。在我的学龄前,从不离母亲左右,是母亲的小跟班,也可以说是她的掌上明珠。母亲为我做过一件"百家衣",是用各种不同颜色的三角形花布拼接而成,目的是让我活得结实。她坐在椅子上,我坐在她的脚背上,她的双腿前后摆动,这是"荡秋千";我躺在夹被上,母亲和二姐分别拉起两个被角,兜起我,左右摇晃,二姐喊着:"摇呀,摇呀,摇煤球儿呀!摇的煤球儿怪圆地呀!"这是在逗我发笑。

母亲与我

夏夜星空,我伴母亲坐在大门外台阶上乘凉,听母亲讲她过去的故事。学习辨认星星,知道了农村以前没有钟表,通过看"三星"在天上的位置确定时辰。我陪母亲常去的地方是东晓市的早市和花市大街。去早市是买菜,母亲推一辆双人坐的小竹车,一边坐着我,一边装着菜,菜农的菜挑子一份一份相连,陈列在胡同两边,母亲选什么菜已全无记忆,只记得为我买的各类小吃。一条长板凳,我正着坐,趴在桌上吃,母亲侧身坐,看我吃。花样翻新,换着样吃,一碗炒肝儿加两个小肉包,这是我最爱吃的,还有杏仁茶、面茶、茶汤、红糖大麦米粥等等。

去花市常在午后,是去布店选布,家里人口多,每年都要选些布料为大家更新衣服。布店内陈列有序,围着店堂内墙设一圈货架,布料都被卷缠在一块一块木板上,五十尺或一百尺称为一匹,所有的布匹都顺次码放在货架上,使顾客一目了然。货架下隔不远就放一张八仙桌和坐椅,供顾客歇脚、选布。店员训练有素,彬彬有礼,顾客进门,点头微笑,招呼一声:"您来啦!"请顾客就座,捧上一碗香茶,问清想买什么布,熟练迅速地从货架上抽出几种不同价位的布匹,任您挑选。买完布,母亲必然带我向东走,去喝豆汁儿。向东走不远,路北有座火神庙,庙门口西侧有一对回民夫妇经营的豆汁儿摊,摊位上方挂着蓝布白字"×记豆汁"的横标,摊主着洁净的白布套袖和围裙,夫妻二人个子高挑,面目和善,说话慢声细语,待人十分和气,对孩子亦然。刷出白木茬儿的长桌案,透着干净,两只高脚蓝花大瓷盘摆在桌案中央,分别装辣和不辣的两种咸菜丝。辣的是水芥丝拌辣椒粉和芹菜丝;不辣的只是水芥丝拌芹菜丝,满满的两大盘,堆成塔形,一红一白间衬绿色,刀工之细、之均匀令人叹为观止,十分诱人食欲。所卖豆汁儿酸甜稀稠适度,品质上乘,口味极佳;还配有烤成两面黄的蝴蝶卷子、焦圈儿、精致酱菜等,供不同顾客之需。夫妇俩的诚实本分、和颜悦色至今难忘。

母亲有时带我逛天桥儿,那时交通不便,在天坛北墙外,现在的天坛北门附近,有许多"大趟儿车"——马拉的带篷子的胶皮轱辘大车,从那里坐到天桥儿叫"一趟",乘客以老幼妇孺居多。当时附近似乎有什么维修工程,路面上堆了很多黄土,凹凸不平,大车走起来颠簸得很厉害,我两手紧抓住车帮,闭上眼,随口说了一句:"眼不见,心不烦。"车上的老太太们都给逗笑了,说:"瞧!这孩子,小孩儿说大人话。"我睁开眼睛看母亲,母亲正面带欢喜地看着我。我第一次被人评论,故记忆深刻。到天桥儿,大多是陪母亲去小戏园子听评戏,戏园很简陋,前排讲究一些,摆了几张方桌,围了短凳,后排则只放了许多长条凳。当时最流行的剧目是《锔碗丁》,是依据北京的实事编写,大意是,一家狠婆婆把儿媳妇虐待至死的故事。沿路也看看打把式卖艺的,因没什么兴趣,故印象较浅。母亲还喜欢驻足在卖估衣的摊位前,两架倾斜的矮板床,里面高外面低,并排放置,床体宽窄与行军床类似,伙计的运作程序是:从一边床架上取一件衣服,抖搂开,举起,介绍衣物的品种、特色,报价,然后放到另一边,如果没人买,再依次拿起另一件,就这样一件一件展示,直到最下面一件报完为止;然后停一会儿,再从这边倒到那边。如有买主询问,立即停手,抽出相中的衣服,加以详细推介,其叫卖声与传统相声《卖估衣》中所学类似。衣服款式、质地多种多样,遇到合适的,母亲有时选一两件,为我们改了穿。

有时我们也去东安市场北门的吉祥戏院看杂

耍，现在叫曲艺，日场不演戏，就演曲艺节目。看过侯宝林、郭启儒的相声；"小彩舞"即骆玉笙的京韵大鼓等。春日天气晴好，母亲曾多次带我去中山公园，那时公园里人不多，没有儿童游戏场，只在草坪旁边设了一高一矮两个单杠。上了小学以后，学会了玩单杠，母亲在坐椅上看着我，我就攀爬在矮杠上，随意玩耍，在母亲面前显摆我的技能。

我的童年是金色的，是幸福、快乐和多彩的，虽然我的少年刚过就失去了母爱，但我又是与母亲相伴时间最长、与她贴得最近的孩子。母亲让我熟悉了市井风情，领略了百态人生。

每一个儿女都拴着母亲的心

母亲最后留下六个孩子，每个都拴在她的心上。我出生以后，家境好转，不记得她打骂过哪个孩子，也不记得她高声喊叫过我们。父亲脾气不好，有时发火，她只是听着，夫妻间从未在我们面前争吵过。大哥、二哥、老姐，成长相对平安，对母亲身体未造成大碍。大姐、二姐和我的事，对母亲的身心造成了较大的影响。

大姐是母亲生的第一个孩子,身体健壮,眉清目秀,皮肤光洁细腻,唇红齿白,双眼皮,大眼睛,高鼻梁,身材匀称。母亲没有给女孩子缠足,所以,大姐是一双天足,走起路来挺胸抬头,用"英姿飒爽"来形容并不为过。由于是老大,当时家境贫寒,所以,大姐陪伴着母亲承受了很多艰难困苦,练就了刚毅大胆泼辣干练的性格,对弟弟妹妹爱护保护有加,留下很多动人的故事。大姐为我家脱贫走出困境,做了突出的贡献。大姐能吃苦,聪明能干,又能入乡随俗,语言切换能力极强。按照旧观念,人死后一定要葬回故里,所以,大姐到了出嫁的年龄,就遵从父母之命,被嫁回农村老家,以备父母百年之后有人祭拜,对此母亲肯定是忍痛割爱的。虽然夫家家境不错,大姐夫也是识文断字的人,能写一手好字。但是,大姐生活得并不幸福,夫妻不很和睦。在农村要下地劳动,又要抚养不断出生的孩子,晒黑了皮肤,改变了容颜。大姐每次回京探亲或返乡,母女都要相拥而泣,其难舍难分之情,深深留在我的记忆中。大姐要把最好的农产品带给母亲,记得她带来的白薯,大小均匀,表皮光鲜,没有半点瑕疵,托人在山里为母亲酿的蜂蜜原蜜,每次带一大桶,足够母亲喝一年。走时母亲为大姐要带走几大包袱衣物和专为她积攒的体己钱,大姐的两个儿子,都先后放在姥姥家读书,大姐夫也来京帮父亲管账。所以,大姐家比一般纯农家经济上会宽裕些,母亲对大女儿的境遇一直是心存负疚的。不幸的是,就在父母相继离去几年以后,大姐患了急性黄疸型肝炎,病情急转直下,不久即辞世而去,既没有安享晚年,也未能最后完成父母的寄托。难道真的人生有命?一娘生子,境遇却是如此的不同,凭大姐的聪慧和能力,如果生在新社会新时代,她很有可能成为一个具有领军之才的创业达人。

二姐个子高挑,性格直爽,对人热情,乐于助人,是父亲的爱女,也是母亲的得力助手。但是,男大当婚,女大当嫁,再难舍的母女,到年龄也要送出去。二姐结婚前,一天,男方送来聘礼,两个帮工用红色杠子抬着几个大礼盒,还有一只大白鹅,鹅在院子里高叫,叫声击碎了母亲的心,她只在抬手挂一个门帘时,突然偏瘫,唇歪流涎失语,母亲患了第一次脑卒中。顿时,全家乱作一团,请了胡同里一位叫李明新的坐堂中医,为母亲把脉后,用三棱针刺手指尖,放了血,又让母亲张口，在口中挑治了某些部位，开了药方，经过一段调理，母亲的身体才慢慢恢复过来。让父母快慰的是，二姐的婚姻是美满的。几年后，我们搬了家，这所老屋就留给了二姐一家。

另一件对母亲身心造成较大损伤的是我的因病休学。14岁那年，初中二年级刚开学不久，小小年纪总喊腰痛，那时已有条件到西医院诊治，在同仁医院拍了片子，大夫说是腰椎结核，需要服抗结核药，睡石膏床，如果任病情发展可能会瘫痪。给我开了休学证明，我休学了。做了石膏床，只睡几天，实在受罪，不肯再睡，也没人强迫我，就坚决放弃了。无比焦虑的母亲，开始求神问卜，乱投医。带我看过所谓的气功大师；拜过"白果大仙"；看中医，喝汤药；扎针、拔罐……后来，大家商量认为农村空气好，同意母亲带我回老家休养。我们在老家住了半年多的时光，刚到农村时，母亲带我走访了几户尚健在的亲戚，受到最盛情的款待。后来，在大姐的全力帮助下，在我们自家的老屋安了家，老宅内除了树木，只有三间土坯房，一明两暗，中间屋内砌有左右两个灶台，两间厢房各有一铺大炕，灶膛与大炕相通，需要烧热哪边的炕，就在哪边的灶膛烧火。母亲天天要烧火做饭，为的是把炕烧热，让我躺在炕头上，认为炕头的温热可以治我的腰痛病。托乡亲帮助请村里的土中医给我扎针治病。过了一段时间，不见效果。大姐为了减轻母亲的负担，把我接到她家，离我家五里路的东韩童村。在集镇上找了另一位土医生为我诊治。说是给我注射一种很贵重的"神药"，注射了多次之后，注射部位结了很硬的结，针头刺入药液已推不进去反流出来，只好做罢。

有一个情景我终生难忘，母亲撩起短袄的大襟，从贴身内衣兜上摘下别针，掏出一个用手绢包紧的小包，从中取钱交给大姐，为我支付看病的费用。母亲苦心为我积攒的钱，全被庸医坑骗了，后来我学了医，有了一些医学知识，明白了，被土医生吹嘘的"神药"，就是很快被淘汰的油剂青霉素。本村"中医"针刺的穴位，是对我的病毫无作用的：中脘、足三里、内关等。他们没有一点无菌观念，注射也好，扎针也好，全用脏手操作，谢天谢地，我竟没有被感染。乡亲们当时的医疗条件就是这样的。

返京后，经一位小学同学推荐，请一位中医骨痨专家段复亭大夫医治，经过一段外用敷药治疗，自觉有所好转。母亲恰在此时，因积劳成疾，发生了第二次脑卒中，这次病情很重，一直处于深度昏迷状态，经中西医诊治未见好转。因父亲和大哥请人在协和医院为我凌晨就去排队，挂上了骨科号，想拍片复查看看治疗效果。那天，哥哥姐姐们都守候在母亲的病榻旁，无知又无用的我竟然离开了母亲，一个人去了医院，在陌生的医院里东撞西找，好不容易才看完病回家，一踏进房门，就见母亲的遗体已被安放在外间屋，临时搭建的板床上，母亲走了！我扑过去跪在妈的身旁，呼喊着，放声痛哭。母亲留给我的面容慈爱而安详，像在熟睡，去握她的手，再没有常年给我的温暖，虽尚柔软，但已惨白而冰冷。母亲的病程仅有七天，就这样安安静静、干干净净地走了，没有留下一句话。

结　语

　　母亲走了，享年六十二岁。论身份她是一位普通的家庭妇女，一位平凡的母亲。没有念过书，没有时尚的打扮，没有显赫的家世，没有惊人的业绩。但是，我的母亲，没有像人们常描述的其他农村妇女那样，安于贫困，在凄苦的境遇中终了一生。她也没有撇下子女，独自外出谋生，不论多苦多累多难她都没有舍弃孩子，而是尽己之所能亲手哺育。她以忍让宽厚的心，避免了夫妻间针锋相对的争吵，给了孩子们一个温暖和谐的家。她用她的勤劳和智慧将粗茶淡饭变成一顿顿美食。她以繁忙和劳累给全家人带来的节日的欢乐为欣慰。

不过，母亲的一生，又绝不是仅有一个"苦"字，而是有快乐，有享受，有情趣，多姿多彩。晚年，孩子们长大，懂得孝敬，使她家务减少，开始享受生活。家庭生活改善之后，父亲早早为母亲买了话匣子，买了金银首饰，买了宁夏特产滩羊皮皮筒子，请人定做了大皮袄。根治了她的牙病，安装了满口洁白的瓷牙，使母亲始终未显老态。她热爱生活，兴趣广泛，喜欢听小白玉霜的评剧、王佩臣的京韵大鼓、关学增的北京琴书、马三立的相声等等。对新鲜事物充满好奇，曾在孩子们的鼓动和陪伴下，兴致勃勃地去看戏，看电影，看杂耍，还看过滑冰和游泳比赛。她善于学习，她说话京腔京韵，不带一点河北口音，北京的饭菜她学做得得心应手。但她做事从不失度，从未忘本，直到晚年依然保持着克勤克俭的生活习惯。父亲和母亲用双手改变了自己的命运，并为孩子们创造了能就读名校，接受高等教育的经济条件。母亲不善言词，不会说教，她的一生只践行了故乡留传的一句古老的励志格言："好男不吃分家饭，好女不穿嫁妆衣。"这也是她唯一教导我的一句话。她是一位名实相副的"好女"。她是一位认真负责要强向上的好母亲。她是一位勇敢聪慧的创业者，并且，最后获得了一定的成功。随着阅历和知识的增长，随着对众多家庭和母亲们的了解与比较，我对我的母亲越来越加深了理解和崇敬，感激思念之情埋藏在心灵的最深处。母亲给了我生命，给了我生的尊严，给了我读书明理的机会，为我树立了一生求知上进的榜样。

2015 年 2 月 22 日于北京

忆大哥

父母生了七个儿女，一个夭折，留下三个姐姐、两个哥哥和我共六个孩子，除大姐早年嫁到农村外，其余五个都生长在北京。父母思想比较开明，孩子们多少都有些读书识字的机会，不过姐姐们只念过私塾，待长成大姑娘后就要帮助母亲理家和做女红了。两个哥哥和我有幸从私塾转入"洋学堂"，这样在我童年时与两个哥哥接触游戏的机会较多，他们对我的影响也比较大，尤其是大哥，出主意做游戏的点子很多，一些往事趣事至今仍记忆犹新。

由于孩子多，哥哥姐姐要照看弟弟妹妹并共同玩耍，一方面能减轻一些母亲的负担，另一方面没有父母过多的干预，使我们的成长环境比较宽松。因为家道比较殷实，买些纸笔墨砚、图书画册都可以满足，能看到京剧、电影、曲艺的演出，天天能定时收听广播中孙敬修老师讲故事、连阔如说评书、赵英波说聊斋、马三立说相声等，有机会到中山公园、北海公园去踏青。端午节、中秋节、父母的生日都有小庆，过年更要送灶王、大扫除、贴春联、搭神棚、制作成缸的馒头及各类荤素食品，穿新衣，放鞭炮，逛厂甸儿，热闹非凡，父母给了我们一个终生难忘的既丰富多彩又幸福快乐的童年。

大哥王尚文，生于1928年，长我八岁。生就一双虎目，显得不怒自威，高兴时喜欢玩笑诙谐，一旦生起气来二目圆睁甚是吓人。

大哥二哥两人相差五岁，常常是兄唱弟随，默契配合。最能展示他们创造力的机会是为父母做寿。当年，不主张为孩子过生日，认为那样会给小孩折寿。为父母庆生则相当隆重，每个孩子都要以不同方式表示孝心，姐姐们要给父母早早在馒头铺定制寿桃、寿面，我钱少就在点心铺买一块蜂糕。两个哥哥则每年都有新花样，记得有一年他们用半开红纸写好一个大寿字，在寿字上刷上胶，把包着五颜六色彩纸的糖块依笔画粘贴其上，再用镜框装饰起来悬挂在墙上，甚为漂亮别致。

  他们还置办过全套的油印设备，自办小报分发给同学，撰稿、刻蜡版、印刷全部自己动手，我生平写的第一篇小稿子就登在上面，题目是《我家的小猫》。父亲为了让他们防身健体特意请人定做了仿真的竹制单刀，要他们一起到花市火神庙内的武术班练武学艺。每年腊月二十四扫房日一过，各家就忙着置办年货选购春联准备过年了，此时两个哥哥必在花市大街人行道上设一摊位（当时我家就住在附近），将方桌、条凳、笔砚、墨汁、对联集锦手册，以及裁好的红纸等一应俱全准备好，为顾客代写春联。晚上收摊时，这些东西就寄存在父亲熟识的附近一家山货店里。街市上购物人群熙来攘往十分热闹，能选到一副称心如意的对联也是过节的一大乐事。兄弟俩一人写一人帮助拖纸，当年北京的腊月天寒地冻滴水成冰，光着手握住毛笔写字，十分寒冷，他们备有一个烧炭的铜手炉，为化墨汁及暖手用。年年如此，直到三十晚上才收摊，生意十分红火。两个哥哥都喜欢文学和艺术，买了不少文学作品，老舍的书几乎见一本买一本，还有唐诗、碑帖等，收集旧画报也是兴趣之一（这为"文革"抄家时埋下了祸根)。

　　我家距木厂胡同的庆乐戏院不远，那是一个不大的戏院。我们常随母亲去那里看京戏。父亲常为全家在楼上买一个简易包厢，就是用木格子圈起来的几排坐凳，前面装有一条可以趴着看戏的宽板，也可以在上面摆放一些零食和茶壶茶碗。连台本戏就像现在的电视连续剧，故事性强很吸引孩子，看回来就要模仿，时年六七岁的我也常被安排角色。一次两个哥哥把大夹被挂起来遮住窗户权当幕布，窗户下是一铺大炕，当时父母还保留着睡炕的习惯。两个哥哥扮演什么角色如何装扮我已记忆不清，让我扮演的是明将华云龙，把包袱皮一端的两个角系在我的脖子上，另一端披在背后当作"英雄氅"，在大哥的导演下与他们一起在炕上跑圆场，正在呐喊助威快马加鞭之际，突然一脚蹬空连人带马摔于炕下，刚张开嘴要哭出声，立即被跳下炕的大哥将嘴捂住，连声嘱咐："别哭，别哭，让妈听见就不让咱们玩儿了！"我马上忍住了惊恐与疼痛重返舞台。大哥从小喜欢动手修理制作和四处旅行游玩，兴趣十分广泛，有时因此荒废了学业。记得他曾在家里摆过小摊儿，用积攒的零花钱趸来糖豆、瓜子等小食品，用废旧纸盒分门别类装好，摆放在架起来的一块板子上，让我们拿现金去购买，他用一杆小秤称重量，十分有趣。

卖东西玩

大哥的表现有时引起父亲的暴怒，准备了一条竹板子，特意刨光磨平专为震慑大哥之用，父亲每次要教训大哥必先制造声势，引起众人的注意和劝阻，所以板子一次也没有落到过大哥的身上，这就是"打在儿身，痛在父心"吧！为了收住大哥的心，在大哥十六岁时，父母做主为他娶了一位京郊农村、大他三岁的姑娘为妻，大哥没有抗争，被动接受了这段父母之命媒妁之言的婚姻，遵从了全套旧式的结婚礼仪。大嫂个子较高，身体壮实，缠足，肤色白，浓眉大眼，脑后绾一个髻，前额梳了齐眉的刘海儿。为人老实顺从，终日帮助母亲理家，从不多言，夫妻关系平静，没有发生过争吵。

大哥对弟弟妹妹十分爱护和关心，我是老小，又自幼体弱多病，所以承受了兄嫂更多的关爱。记得大哥曾专门买了小楷纸让我和二哥练字，由他判分，写得最好的字用红笔在旁画双圈，整篇写得好双圈多被评为"甲上"并给予物质奖励。我们兄妹三人都曾就读于汇文一小，不过我进校时大哥已升入汇文中学。那时孙敬修老师任汇文一小的教导主任，校园活动开展得丰富多彩，每到周六的朝会都要组织学生们到操场的领操台上进行各种小型演出，一次我们班让我登台演讲，题目自选，大哥为我编写了"木兰从军"演讲稿。事先要我朗读背诵多遍，并根据他指导的语气、语调、语速反复排练，那是第一次登台演出，效果不错。后来，父母病逝后，在二哥、老姐结婚时，大哥均给予了丰厚的馈赠，充分展现了长兄对弟弟、妹妹的关爱与亲情。

大哥王尚文遗照

大哥喜欢烹饪也好吃，十几岁时已经开始练手了。一天晚上，他正在后院西屋煤炉上坐了一锅热油，练习炸制三角形的豆腐泡。我当时年纪很小胆子更小，从前院到后院去上厕所要走过一条黑咕隆咚的小过道，平时总要人陪着，那天知道大哥在后院就让我自己过去，正心惊胆战地走出过道，突然房脊上发出了一声野猫的嚎叫，接着就是群猫乱吼，吓得我魂飞魄散，岔了声的哭喊震惊全家，大哥一边高喊着："别怕！别怕！"一边还守候着那一锅正待捞出的金黄色的豆腐泡，父母闻声急奔出屋向后院跑，父亲跑在前面慌不择路被台阶绊倒在地，顿时全家一片混乱，待一切平息下来，被责骂的自然是大哥，怪他："你妹妹都吓成这样，还舍不得你那几块炸豆腐！"通过不断实践，他的厨艺渐长，大哥待人热情豪爽，成年以后，常常在节假日或周末亲自掌勺为全家做一桌子菜，大家把不爱吃的肥肉都挑给他，他则来者不拒，日积月累吃成了一个大胖子，那时还不懂含高脂肪、高胆固醇饮食的危害，因此埋下了日后患心脑血管病的隐患。

童年欢乐的日子很快过去，1953 年母亲因脑溢血病逝。两年后父亲同样因患脑血管病撒手人寰。父母的寿材早已由材厂定制,为了结实、防腐,每年要刷一道漆,何时需要均可取用,寿衣几年前也已准备齐全。父母患病期间,大哥尽了长子之道,全力进行了救治和陪护。母亲病程短暂,父亲病程绵延数年,在临终前几个月,父亲呈现痴呆状,生活排便均不能自理。大哥、二哥轮流与父亲同睡一张大床,晚间随时予以照顾,大嫂则经常要为父亲洗刷弄脏的衣裤,哥嫂甚是辛劳。

父母病逝时是解放初期,旧的丧葬礼仪依然保留,大哥忠实履行了所有礼仪,包括:身着重孝、入殓、报丧、停灵、请和尚诵经、跪灵、哭灵、裱糊和焚烧纸人纸马、接三送三、出殡、打幡、摔盆等一系列活动。旧时有种种说法,"死了老家儿,长子要拿脑袋当脚走","孝子举哀时必须放声大哭"。父母去世后,不知大哥磕了多少头,陪了多少号啕。那时幸亏大姐、二姐都健在,出于对大弟的爱和心痛,背后帮他出了不少力。为实现父母生前的遗愿,随着运灵马车,行程二百余里,大哥二哥骑了自行车,先后护送着母亲和父亲的灵柩回归故土安葬。为改变命运拼搏了一生的一对老夫妻从此长眠在家乡的王氏祖坟。为了祭奠父母，大哥曾在我家正室东侧，设一精致的红木小桌，桌上摆放着两位先人的"神主牌位"，牌位上写着父母的生、卒年月时辰，外面还有木制套盒。牌位上方悬挂着父母放大的遗像，出出入入皆能瞻仰到父母的遗容。可惜这一切在"文革"抄家时，全部被红卫兵砸得粉碎。

解放前夕因父亲患病，大哥即遵父命放弃了自己的学业，逐步接替了父亲的工作，父亲病重不能料理后则全部接管下来。每天要到东安市场门市部料理业务。

初中我就读于灯市口贝满女中，离东安市场很近，为了我午饭吃得好，大哥找了东安市场内"润明楼饭庄"一位和蔼可亲的老潘师傅，关照我在那里吃包饭，每天中午潘师傅把我领进一个挂有半截白布门帘的单间，坐定不久就会端来一菜一汤和一小碗米饭，现在能记起的菜有炒木须肉和肉丝炒佛手疙瘩等。记得第一天去饭店吃饭，心情紧张又羞怯，吃完饭出门正在下台阶，忽听背后一声高喊："王小姐两块八！"（是潘师傅在为我报账。）我吓了一跳，一脚蹬空跌坐在台阶上，赶快爬起，走掉，回家复述这件事，二哥立即编了两句顺口溜："王小姐两块八，咔嚓掉了个大马趴！"高中就读于女一中，离家更远，每天要从家带一盒饭，统一由班上的值日生轮流送到伙房蒸热，有一次家中只剩下白饭没有剩菜，大嫂为我装好饭盒后晚间告知了大哥，大哥时已睡下，立即起身为我炒了一个焦熘肉片放在饭面上。第二天也巧，我去晚了一步，同学们的饭盒已被值日生送走，当时正值冬季，就只得把饭盒放在教室的炉子上，一节一节课上过去，炉火慢慢旺起来，待到最后一节课，教室里弥漫着熘肉片的香味，热蒸汽的凝固水沿着铝制饭盒盖的缝隙一滴一滴落在炉子上，发出咝啦——咝啦的声响，尴尬的我不敢抬头看老师，好不容易熬到下课，打开饭盒香气扑鼻、热气扑面，那是记忆最深，吃得最香的一餐午饭。父亲去世后的第一年，春节前大哥曾亲自到布店为我选购一块素花布，让大嫂为我缝制新罩衫。考上大学之后大哥给我买了帆布提箱和一条军绿色毛毯，送我到城外校址去报到，那条毛毯延用至今依然十分温暖。

　　1956年实行了公私合营，北京市有关部门将制刀的一些小作坊合并为较大的企业，仍沿用"钢刀王"的字号，大哥被任命为资方副厂长。此后，在政府的支持下，企业得到了长足的发展，并取得了骄人的业绩。年轻人易接受新鲜事物，解放初期他就加入了工商联。由于年轻又有文化，在工商联受到一定重视，大哥的表现很是积极，开"神仙会"时因向党交心彻底，曾受到表扬，他在家也常以进步青年资本家自居，心情比较舒畅。

　　随着岁月的更迭及时局的变化，我毕业后又住进了工作单位的宿舍，以后听他谈论厂里的事就越来越少了。直到"文化大革命"有如晴天霹雳般噩运降临，"钢刀王"工厂的老职工虽大多不忍心动手，一些新职工联合了附近的中学生中的造反派，抄家、批斗、鞭打、丑化、拘禁、直至停发工资遣返还乡。当然这一切均未经司法部门批准。大哥被革命群众定为反动资本家的主要罪状有：一、抄家时，在解放前出版的一堆旧画报中找到了蒋介石和宋美龄的一张合影；家中有一台可以收听短波的大无线电，故有收听敌台之嫌，此二件证明有变天思想。二、在条案下堆放的旧物中发现了一块石膏板，那是1958年二哥结婚时亲戚送的贺礼，上方正中有毛主席的浮雕头像，下方有"新婚志禧"四个字，在不尊敬的地方存放，就是有意诋毁伟大领袖的光辉形象。三、资产阶级生活作风和向党交心时的自我揭发材料等三类罪行。大哥的家被抄之彻底令人叹服,当我闻讯回家探望时,墙上的字画,室内的家具摆设均已荡然无存,真可谓四壁皆空,只有内室条凳上架着的几块旧铺板和几条旧棉被,供大嫂带着年幼的侄子暂时栖身。大哥被遣返还乡前,我赶回家与他话别。兄妹对坐在院子里的矮凳上认真交谈,我嘱大哥到农村后好好劳动,注意改造思想,要相信党的政策等等,大哥两眼注视着我点了点头,那被暴力鞭挞凌辱后,无助而又期盼的眼神至今仍历历在目。

大哥被遣返之后,"文革"期间,"钢刀王"与刀剪厂合并,厂址迁至北京远郊区,原"钢刀王"的特色产品小宝剑、小腰刀等,被认为是为资产阶级服务的,属于"四旧"产品,停止生产。代之以生产菜刀、剪刀为主的大型刀具。

大哥一走十二年,在乡下一直住在父母留下的两间土坯房里,原为三间,不知何时倒塌了一间。只有本家的一位堂弟和邻村的一个外甥(大姐早逝后留下的次子)对他有过真诚而实惠的照顾,但是后来堂弟病故,外甥也调到沧州工作,其他老亲戚就避之而唯恐不及了。这期间老姐和我还有二哥分别去看过他一次,后来管理松动,他也可在农闲时回京小住,不过只能住在我的两个姐姐家,因为他的住房早已被几家人占用了。"文革"中姐姐家院内搬进了红色出身的邻里,多少有些监视的味道,当时在人人自危的大背景下,大哥每次来京真是让人提心吊胆,不敢高声语,唯恐隔墙有耳,更惧怕的是再遭祸殃。那时一切凭票证供应,两个姐姐把积攒下的粮票想尽办法换成全国通用的,把节省下的大袋面粉、粉丝、少量大米及其他副食和部分现金交给大哥。二姐、老姐每月只有三十多元的工资,拉家带口日子过得相当拮据,尤其是二姐家,四个孩子中只有一个参加了工作,但我亲眼看到她从裤袋内掏出一卷钞票塞进了大哥中山装的口袋里,不知二姐平时要怎样节衣缩食才能攒出这点私房钱,姐弟之情感人至深。二哥每月定期为大哥寄些生活费作为补贴,坚持了十二年,直到大哥被落实政策回京。由于众人捧柴,使得大哥每次来京都能满载而归,缓解了一些生活压力。

　　十二年里大哥大嫂春种秋收自食其力,靠挣工分艰难维系着一个家。大哥因是老贫农的后代,除了同四类分子一样出义务工和定期接受训话外,未再承受皮肉之苦,这也应视为不幸中之大幸。其间,大哥不但学会了耕种锄耪、养猪、养鸡,还会用玉米皮编制出很漂亮的提篮,灌制腊肠、香肠,炒制五香花生米等,每当进京都要精挑细拣,挑选籽粒饱满,表皮无伤的五香花生米和自制香肠带来。十二年过去,大哥的体态发生了根本的变化,胖大的肚皮消失了,宽大的中山装里只剩下一身骨架,背已微驼,面部皮肤松弛下垂,两只大眼睛更显突出,只是缺少了昔日的光彩,由38岁的壮年变成了50岁的驼背"老人"。

1978年大哥被工作单位落实政策回京,在销售部门安排了工作,补发了一些工资,退回了小部分尚可找到的衣物,但是,当年父亲一件一件购置的瓷器、字画、家具、陈设都没有了。一具源自日本的,青铜铸造的雄鹰再也找不回来了,据说抄家时被掠走后,当即砸毁,送出去炼了铜。关于这只鹰要说明的是,父亲购入时,鹰的眼睛已经损毁丢失,一对翅膀、身体、登踩的岩石都是略显陈旧的分散部件,需要重新组装。父亲请专业工匠配制了一对仿真的鹰眼,经细心除尘擦拭后组装起来,摆放在正室方桌后面条案的正中,鹰后面悬挂着一巨幅中堂(国画:老渔翁垂钓归来图)。一只展翅欲飞的雄鹰,站在岩石上,基底铸成翻卷的海浪,造型独特,鹰的神态雄健、俊美,望之催人奋进。展开的双翅宽约90公分,海浪、岩石、站鹰,总高度也有90公分左右。它反映了鹰的购买者内心的奋发精神和审美情趣。永远的失去,实在可惜,深感愧对先父。

  大哥虽说是回京,但并非一帆风顺,原居室已搬进了三家房客,一时无处安身。先栖居于一间小厨房,再搬进西厢房,经过反复奔走待到正房腾空已是1985年,此时的大哥已重病缠身不能再承受搬家之累了,所以最终未能画完这个圆。

  工作恢复后,因工厂在"文革"中已迁至远郊,每天清晨四五点钟即要上路,紧张与疲劳使他原有的高血压病明显加重,刚刚获得的工作岗位倍加珍惜,看病休息慎之又慎,最后终于倒了下来,1985年春,因大面积心肌梗死入院,生性乐观豁达的他竟奇迹般地度过了这一劫难,又能被接出医院调养。这年暑假,因我先生借调深圳,所以我带孩子到深圳去探亲,走前向他道别,没有想到这竟是永诀。就在我离京半个多月后,由于偶然的闪失,致使大哥过早地离开了人间,年仅57岁。当时的深圳还处在开放的初期,心里想着为大哥带点新奇的东西回去,最终选了一把红色电动剃须刀,返京后将行囊放下即兴冲冲直奔他家,看到的竟只有罩着的白布床单,已是人去床空,我呼唤着:"大哥!大哥!"却再无回声。

在大哥生前,我的内心常感到他的社会地位给他自己和家人都没有带来什么荣耀,常以批判的心态对待他的言行,自视进步、清高,如今回忆起来,心有愧对,心存感激。如果大哥当年没有作出个人牺牲,父亲的事业由谁继承?弟弟妹妹的大学学业何以为继?在关键时刻做出放弃个人前程的抉择是需要勇气的,并非人人都能做到。大哥不是完人,亦非名人,但,他是为"钢刀王"事业的发展做过贡献的人,是一位孝子,一位好兄长,是主要代全家受过的人。

2004 年 11 月写于北京
2017 年 8 月再次审阅后有所增补

老姐和我

郁闷少年

老姐,就是最小的一个姐姐,我家女孩以秀字排名,老姐取名王秀瑢。1930年生,属马,长我六岁。面貌敦厚,体形矮胖,在几个孩子中是个子最矮的。她上有两个姐姐一个哥哥,下有一个弟弟一个妹妹,她被夹在中间,这个位置的孩子最易被忽视。大姐,早早远嫁外地。二姐,长老姐10岁,个子高挑,性格活泼,做事麻利爽快,说话快言快语,深得父亲喜爱,早早替父母当了半个家,不干粗活,烫了头发,穿戴比较时尚。老姐则不善于打扮,梳一条又黑又粗的发辫,穿一身中式裤褂,出出入入帮助母亲或大嫂做些家务,或自己学做针线,不爱说话,在家中似乎显不出她的地位。

在老姐的档案上写着:"1937—1940年在崇文区,东半壁街,读私塾;1940—1943年在崇文区银丝胡同读私塾。"前后达六年之久。我不足六岁的时候,老姐带着我入银丝胡同一所私塾就读,她负责提一个手缝的花布书包,里面装着我们共用的笔墨纸砚,老姐读书习字十分认真,练就了一手隽秀的好字。私塾里几本启蒙小书她已背得滚瓜烂熟,对《论语》《孟子》等几本四书也已熟读。一年后,我由私塾转入正规小学,那时老姐已是十三岁的大姑娘,她没有转学,终止了私塾读书以后,就过起了待字闺中的生活。

小时候,我没有和老姐一起玩过,她不爱嬉笑打闹,平时很少听到她的声音。那时日常穿的衣服都是自己用手缝制,绣花、纳鞋底、缝制衣服、炒菜做饭,老姐全能,她虽不善言语,但心灵手巧,悟性较高,人们管这叫"内秀"。我的玩伴是同学或两个一起上学的哥哥,老姐从没有对我表示过亲热。我和二哥是挨肩的兄妹,相差三岁,一个是最小的儿子,一个是幺女,都有些特殊地位,吵起架来各不相让,我受了点委屈,会大哭不止,来劝说的必是二姐,老姐是从不理会的，所以，我的童年对老姐没有留下什么印象。

我渐渐长大，大约十岁左右，有一次，她的一个表现让我动了心。那是一天午后，我从前院跑到后院去玩，看到老姐坐在屋檐下一个小板凳上纳鞋底，一边拉动麻绳，一边哼唱着京剧，一边在暗自流泪，唱的是，《四郎探母·坐宫》一折中杨四郎的几句唱词，内容是："我好比笼中鸟有翅难展，我好比虎离山受了孤单，我好比南来雁失群飞散，我好比浅水龙困在沙滩。"老姐见我跑过去，内心仍沉浸在悲痛中，好像未意识到我的出现，还是把几句唱词唱完，才抹去眼泪，继续纳她的鞋底，并没有再抬眼看我。这件事对我刺激很深，至今难忘。后来，我隐约听到，老姐喜欢京剧，想去学戏，父亲不准，因为，那时"戏子"是被人另眼看待的。老姐有学习京剧的天赋，只要看过或听过某一出戏，就能清晰记忆，可以说，过目不忘或过耳不忘。学唱那个唱段，字正腔圆，一字不差。那时我们已属于殷实之家，父亲很早就给家里买了话匣子，听戏、听评书、听相声等都很方便。还经常在离家较近的同乐戏园，买楼上的一个包厢，请全家人看戏。民国初年，正是京剧流行的高潮，生、旦、净、末、丑，各行当名家荟萃，各派名角风华正茂，各领风骚，无怪乎老姐对京剧的痴迷。可惜了，老姐，唱老旦的一块好材料，留下了终生的遗憾。"少年也识愁滋味"，只是大人没有用心理解和观察，压抑了一个少年的天赋和兴趣，妨碍了她活泼快乐健康的成长。

短暂的好日子

二姐出嫁以后，老姐配合大嫂主持家务，大嫂缠足，不识字，所以家中的对外事务都要靠老姐，只见她每日出出进进，忙个不停。直到1949年北京解放，那年老姐19岁，我对她的处境和心情渐渐有所理解，姐妹关系也越来越亲密起来。

老姐和我——右侧是老姐

解放后提倡男女平等,号召妇女走出家门,参加社会工作。我上中学以后,曾帮助老姐给彭真市长写过一封求职信,记得信中形容她像我家的"小太阳",为全家带来温暖。但是,没有收到回信。那时全市百废待兴,工作机会较多,1952年,"华北农机厂"招人,老姐很容易被录用上岗。她入厂不久,我到厂里去看她,只见她穿了一套不很合体的蓝色劳动布工作服,脚上穿一双长筒黑胶靴,因为地面常需用水洗刷,所以总是湿滑的。她本来个子不高,与那些高大粗壮的男女工人一比,显得更加矮小。午休时我们一起到她宿舍,一个大房间,里面摆了很多双层铁床,她睡下铺,洗漱用具就放在床下,每人配发一个装8磅水的暖瓶,一双筷子、两个搪瓷饭碗,午饭是两个馒头,一碗粉条熬白菜。女工友们回来都是高门大嗓,嘻嘻哈哈,我当即感到这里的工作对老姐绝对不适合,建议她迅速离开这里,她也觉得很不适应,所以一个月后,就辞职不干了。1953年—1957年她先后考入"中华补习学校"和"速成师范学校"学习,毕业后,取得了教师资格证书,被分配到崇文区离家最近的一所小学当老师,那年她二十七岁。自此开始了她的教师生涯,直到 1988 年退休从未调动过工作。

从 1957 年参加工作到 1966 年"文化大革命",近十年间,用"兢兢业业"来形容老姐的工作绝不为过,初上讲台,内心的喜悦难以言表,她万分珍惜这份自己选择、自己热爱的工作,将内在的潜能尽情发挥出来。根据小学生喜欢形象思维的特点,自制了不少教具,例如:黑色绒布粘板,将拼音字符依据声母、韵母用硬纸板做成不同颜色的活字,一个一个粘贴出现在粘板上。那时小学课本很简单,配图也较少,老姐就请亲戚帮助画了很多与所授生字相吻合的图画,当讲解到某个字词时就会选出,粘贴出来,辅助了孩子们的理解。由于老姐优秀的教学质量和独特的创造精神,曾多次受到学校表扬,并多次为她组织校级和区级观摩教学。还有了发展她入党的计划,老姐也在这一阶段解决了婚姻大事。可以说这是老姐一生中过得最充实、最幸福的十年,但实在是太短暂太吝啬了。

噩运袭来

1966 年"文化大革命"有如暴风骤雨从天

而降,使人们猝不及防,小学校受到的冲击波原本不大,老姐的学校开始时也没有什么动静。但是,住在同一个院子里的大哥是资方副厂长,已有了不祥的预感。抄家、"破四旧"的狂飙已在京城刮起,所以,为了避免更大祸患的降临,大嫂与大哥商议后,就把家中可疑的"四旧"物品转移到老姐房间,最突出的是,一个放在厅内的高大的铜鹰和一个大无线电(类似25英寸电视机的大小),还有其他贵重物品。因父母已去世多年,长兄代父当家,是很有威严的,另外,按照儒家的教诲,兄妹之间理应患难与共,所以,老姐虽然心中害怕但很难拒绝。我当时已分配到高校工作,住在学校单身宿舍,平时不回家。次日上午老姐给我所在的教研组打了电话,声音恐惧而无助,向我说明了情况。我当即在电话中嘱咐她,鉴于学校对她的信任,尽快将此事向校领导汇报,千万不能隐瞒,免得被动。但是,一切都来不及了,就在通电话的当天上午,大哥家即被抄,因发现没有铜鹰和大收音机,那是凡来过我家都见过的很显眼的物件,所以又进行了第二次抄家,这次连同老姐家一齐抄,自然抄个正着,责令老姐立即返家。后来在一间闲置的房间里,堆放的旧画报中又发现有蒋介石和宋美龄的合影。造反派分析：大无线电可以收听短波，就等于收听敌台，保留蒋、宋合影说明有变天思想，加之揭发出大哥一些平时不当的言行，依据这些情况，遂被革命群众定为反动资本家，对大哥家中物品进行了彻底的查抄并搬运一空。

那时家中还没有装电话，只能靠单位的电话或街道的公用电话联系。因一直没有再接到家中的信息，我放心不下，周末返家。家住平房，街门大开，走进大哥住的正房，厅内已是四壁皆空，转入内室，大衣柜、各种陈设、黄铜架子的大床皆无，只有用几块铺板拼搭的一张木板床，上面铺放着几条棉被，不足三岁的小侄子还睡在床上，时值夏天，只见床前矮凳上坐着被乱剪了头发的、各穿一件针织短衫的两个人的背影，那是大嫂和老姐，她们正关注着床上入睡的孩子。我轻轻叫了一声"老姐"，她缓慢地转过头，目光呆滞，表情悲苦，屋中连一把坐的椅子都没有，我只能站着听她们简述了情况，大哥已被揪斗、游街、丑化、侮辱、暴打，扣压在单位，不准回家。她们姑嫂都被剪了头发，大嫂因有幼子，受到照顾，避免了挨打，老姐则要跪下，接受红卫兵用皮带抽打，我轻轻掀开老姐的针织短衫，清晰地看到背部一道一道青紫色的鞭痕，我们都没有流泪，我将身上仅有的五元钱留给了她们，立即返回了学校，因高校的运动已搞得十分激烈。几天以后接到电话，告知大哥近日即被遣返回乡，我返家与大哥话别，我从内心认为大哥绝对够不上反动，但是，牢记："革命不是请客吃饭，不是做文章，不是绘画绣花……"嘱他相信党的政策，好好劳动改造。大哥以"扫地出门"式，勒令遣返，只准带随身简单衣物和炊事用具，停发工资。随同遣返的还有大嫂和小侄子，由厂内红卫兵押送至河北省完县才良村，那是父亲的原籍，离京200余华里。返乡后住进先父母购置的、交亲戚暂住看管的三间老屋（倒塌了一间，还剩余两间），乡亲们说："老贫农的儿子回来了！"故没有再给予施暴和虐待。后来厂里的工人们说，大哥是"因祸得福"，因为，随着运动的发展，私设公堂，打死人的事已时有耳闻。

又过了几天，再次接到电话，告知次日将押送老姐返乡，这是小学校的决定，因为小学校的领导没见过什么大阵势，老姐的事已算大事，校方唯恐犯右倾错误，认为越"左"越好，所以作出决定，将老姐同样遣返还乡。接到电话我当晚返家与老姐话别，老姐的丈夫齐先生，尚平安无事，罪责没有涉及到他，只遣返老姐一人。老姐家查抄的没有大哥家那样干净彻底，家庭日常生活用品还在，她已打点好简单的行装。大哥一家已离去，空出的房子暂无人入住，院子里静得没有一点声息。我和老姐几乎彻夜未眠，至今已不记得都说了些什么，反正是千思百虑，千叮咛万嘱咐。次日清晨我返校，老姐由校内红卫兵押送返乡至才良村。没想到村干部坚决不接受，认为没有道理，无法安排，连大哥也未让见到，要求立即离村返回，毫无商量的余地。小学校的红卫兵当然不敢违拗村中的贫下中农，所以，只能连夜按原路回京。

  返京后过了十余日，学校通知老姐去上班，说是她的错误按人民内部矛盾处理，恢复工作，继续教学，当时小学尚未停课。迈出家门这一步并不容易，被侮辱的身心，被损害的形象，已失去了昔日的师道尊严。从家走到学校要穿过两条长胡同，两条胡同中间横隔一条大街，近家这条胡同尚属僻静，横过马路后，再走入另一条胡同则遇到了麻烦，那是进学校必经的胡同，老姐为了遮盖她被剪乱的头发，戴了一顶帽子，一些孩子认识她，有一两个挑头的孩子，开始向老姐吐唾沫，说脏话，有一个从家里拿了小棍子，捅掉老姐的帽子，嘴里发出挑斗性的叫喊。开始两天老姐是低眉顺眼，不敢看左右，快步走进学校。后来索性摘掉帽子，抬头挺胸，无所畏惧了。孩子们闹了两天，也许自觉没趣，也许是受家长阻止，就不再闹了，老姐终于从这一劫难中挺了过来，带着伤痕的心，又开始了她勤勤恳恳的教师生涯。当然，再不会受到表扬，也不可能再发展她入党了。这使我想起余秋雨先生曾解释希腊人抗压能力的一段话，大意是：因为它经历的太多，所以接受灾难的心理弹性超过了灾难本身。老姐承受灾难的心理弹性是具备的，因为从小受压抑的生活，解放后因出身不好受歧视的感受，培养了她能抗压的心理弹性，她没有被击垮，没有走绝路，而是从噩运中走了出来，这也许就是事物的两面性吧。

中年得子

就在惊恐不安的心态中，老姐竟然怀孕了，

应该说这是特大喜讯，因为她已37岁。孩子不知天下大事，只顾从母亲的血脉中吸吮着营养，不停地生长着。1968年，就在孩子出生前几个月，老姐的丈夫齐先生被革命群众"揪"了出来。齐先生是海淀区某小学数学老师，中等身材，国字脸，戴一副金丝眼镜，面容和善，说话谦和有礼，态度温文尔雅，典型的教师形象。一直教毕业班，教学质量上乘。城市贫民家庭出身，本应属于"红五类"。但是，小学老师人员简单，运动开展不起来，齐先生来自旧社会，教学效果好，似应戴上"学术权威"的帽子，再经追查其履历，发现童年时曾在香山卧佛寺为寺内住持做过书童。那是由于齐先生父亲早亡，寡母带着五个尚未成年的孩子度日艰难，齐先生是长子，已十多岁，就辍了学，被送至已出家并做了卧佛寺住持的大伯父处做书童，每日洒扫殿堂，也跟着大伯父习文练字，从而具备了一定的文化功底，也练就了一手好字。解放后才有了正式工作。革命群众分析其简历后认为，寺庙住持等于地主，所以，齐先生就有"二地主"之嫌。为了运动出成果，根据这一推断，就以"二地主兼反动学术权威"之名义，将其揪了出来。隔离审查，不准回家。母腹中的胎儿不管父母的噩运，临产时，因胎儿较大，老姐又是高龄初产，大夫决定行剖腹产，我的一位同学是该院妇产科医生，就托了她帮忙，请妇产科主任主刀进行了手术，顺利分娩出八斤多重的一名男婴。科主任是一名高年、资深的男医生，人很和善，未被揪出也未靠边站，对老姐极为关照，算是老姐有幸。齐先生得知孩子出生的消息，请求探视，学校派两名校红卫兵"陪伴"着到医院看了一眼产妇和新生儿，立即又被带回了学校。

  老姐的产假就由二姐的女儿帮忙照顾，因为当时中学已停课，学生分期分批下乡到农村插队落户，二姐上中学的女儿因病留下，在家等待分配工作。56天产假期满，老姐即上班，把孩子送至离家不远的一位张老太太家，当时叫"家庭托儿"。这是家中没有管理条件的双职工的普遍做法。齐先生的事，虽然热闹了一阵，经过反复"内查外调"，因查无实据，只能不了了之，准予回家。齐先生的五弟，长得高大魁梧，相貌堂堂，由于出身城市贫民，当上了"红卫兵"头头儿，臂上带着鲜艳的红绸子大袖章，十分唬人。齐先生在弟弟的陪同下到大哥所在的"钢刀王"工厂，要回了老姐家尚能找得到的部分抄家物资,过上了一段相对安稳的日子。

兄妹团聚之后

大哥被遣返还乡后,姐姐、弟弟、妹妹,各尽所能给予了他物质上的帮助和精神上的慰藉,都没有采取"划清界线"或"大难临头各自飞"的手段。由于兄弟姐妹之间的亲情、互助、友爱,大哥渡过了十余年的难关,终于等到了落实政策的一天。"文革"结束后,在中央的统一部属下各部门开始审查被揪斗的人员,但是,行动有快有慢,步调很不一致。正所谓"民不举,官不究",所以个人的努力申诉、上访,还是很有必要的,大哥已被红卫兵吓出了恐惧症,当然不敢再轻举妄动,此时齐先生由于自身问题的解决,又有红卫兵弟弟做后盾,反而变得勇敢起来,他替大哥写了申诉状,递交北京市委,不知是否起到作用,1978年大哥的问题得到平反,准予返回北京。但是,回京后的住处出了问题,大哥的原住房已搬进了三家住户,一时很难腾空,唯一可以利用的就是老姐家现在用的一间小厨房,齐先生找了工匠将厨房展高展宽，由原来的六平方米扩展到十平方米左右，可以放一张大床、一张方桌、一个做饭和取暖共用的两用炉，使大哥一家人的生活暂时安顿下来。小侄子已是上初中的年龄，在农村虽然也取得了同等学历，但是，城乡教育质量的差距还是很大的，齐先生又帮助联系接收的学校，虽然颇费周折，最后还是得到了落实，还帮助大哥一家迁好了户口。

按说，曾经患难与共的兄妹理应亲如一家，但是，老话说："亲戚远来香，近邻高搭墙。"意思是说，越是亲戚越不能住在一起，相处日久，矛盾逐渐形成，主要是大嫂不停地向大哥吹"枕边风"，当然都是鸡毛蒜皮的小事，大嫂从心里看不上齐先生，核心问题是觉得他没有本事，占据了大哥家的房产，"夫贵妻荣"，这是中国的传统观念。夫妻双方都是社会地位、经济地位不高的小学教师，属于弱势群体，没有什么话语权，虽然齐先生尽量对哥嫂示好，但事与愿违，两家关系只能勉强维持。大哥恢复了工作，补发了工资，饮食水平，自然高于老姐家，经常从他家散发出肉香。老姐的儿子正在上小学，个子高大，白白胖胖，孩子总是好奇的，面对新搬来的大舅、舅妈一家，难免经常跑到大舅家中探看，大嫂没有给予关爱，而是对此感到不快，言语间流露出明显的反感。

大哥下乡前即患有高血压病，下乡12年，虽未医治，但因整天接触大自然，病情并未发展。返京后，原工厂已迁至远郊，每日早出晚归，长途往来奔波，身体已不能适应，不久即病倒，7年后，因患大面积心肌梗死而于1985年病故，时年57岁。大哥辞世前，被占房屋已陆续腾退，但因他重病缠身，无力修整，所以，直到临终也未能再住进正房。

侄子高中毕业后，未能考取大学，入大哥工厂接了班，分配搞出纳工作，不久即结了婚。侄子结婚时，还不兴举办婚礼，只在家里摆了两桌酒席，请了几位至亲好友入席。老姐家送了全堂清代餐具，那是她结婚时大哥将先父收藏的名贵瓷器，作为嫁妆陪送给她的，红卫兵抄她家时，整木箱从老姐家拉走，因原包装十分严密，所以，找回时毫发无损。那天的餐饮，冷盘、热炒全由老姐一人设计、制作、掌勺，荤素搭配巧妙，色、香、味俱佳，现在回忆似口中仍有余香。手艺确实不错。虽经如此努力，姑嫂间关系并未真正和好。

为房产姑嫂反目

侄子结婚后,大嫂一家着手整修院落,未告知老姐,就将外院至内院的木隔断墙拆除。老姐听说,大嫂准备将房屋产权转到自己的名下,并将多余的房屋出租,因老姐住内院东屋,所以引起她的不安。小学校没有分配房子的可能,她感到住处将受到威胁,为了保住居住权,她向大嫂提出把现住的东房产权划到她的名下,大嫂断然予以拒绝。这所住房是先父买的第二处房产,产权人写了大哥的名字。第一处房产已给二姐一家居住,第二所房子就由父母、大哥、二哥、老姐和我居住。后来,父母辞世,二哥和我都有了自己的住房,搬出了故居,而且没有继承祖业的打算。所以第二所房中只留下大哥和老姐两家。到底女儿有无房产继承权?这成为大家关注的焦点。因二姐患病怕受刺激,二哥已调外地工作,作为第三方,只有我出面调解,经认真反复解释,摆事实,讲道理,大嫂执意不肯让步,而且情绪很激动,理由之一,房产证既然写了大哥的名字,房子就应大哥继承，可以允许老姐住，住多久都行，产权不能给。之二，他们在农村吃了那么多苦，没人替他们受过罪，这苦不能白受。我的理由是，虽然产权证上写了大哥的名字，但父亲并没有留下只给长子一人的遗嘱，因为还有次子，而且当时父母健在，未婚的子女都住在一起。再有，老姐也因为为大哥家隐藏了物品，才被抄家，对她同样造成了身体和精神的伤害。而且小学没有分配房子的可能，她只要她现住的两间半小房，并不算过分。

  斡旋无果而终。当时社会正处于实施改革开放政策的初期，请律师，打官司已不罕见。在无计可施的情况下，我建议老姐通过法院裁决，因为，我认为女儿也应有继承权，内心为老姐鸣不平。记得第一次让老姐到法院说明情况的日子，我陪在她身边，从未见过"官"，心怀畏惧官场之心的小百姓，老姐显得分外紧张，叙述和回答问话时，声音细弱无力。以后的出面就委托齐先生代理，大嫂一方则由侄子代理，最后的结局是判老姐一方胜诉，并且增加了两间西房的继承权，等于将内院的房产全划归在老姐名下，扩大了原住房面积的一倍。判决书下来后，我劝老姐放弃增加的面积,只要原来的住房,避免大嫂家的严重不满情绪,老姐不肯,认为成果得来不易,坚持按判决书执行。大嫂听到败诉的结论,其失落和愤怒的心情可以想见,大嫂觉得,历尽千辛万苦,好容易熬到今天,传统的想法是"多年的媳妇熬成婆";"女儿是泼出去的水,无权继承遗产"。她怎么能一时想得通,全盘接受?大嫂遂变得泼辣起来,搬个矮凳,连续数日,一早就坐到老姐家屋檐下"喊话",喊到他们去上班即停。不过从不针对老姐,只是针对齐先生,说他与老姐结婚时什么都没有,等于提了一个空书包入住,没本事,没出息等等,原本表面尚能平和相处的姑嫂从此反目成仇,彼此不再过话。

现在想来,老姐、大嫂都是关爱过我的亲人,事发若干年后她们均已先后病逝,老房子也早被拆除,如今这一切都已化为乌有。这件事到底该不该介入?我是否做了错事?至今内心仍处于感伤忐忑之中。

病魔缠身

老姐于1988年58岁退休,退休后,一方面承担了两处家教，为学习困难的小孩子辅导功课；另一方面闲暇时参加崇文区文化馆组织的书法组活动，曾获女子书法组中楷比赛第一名，过了一段相对平静的日子。但是，家族性的心脑血管病却正在体内蕴蓄之中。

1993年突发脑梗，偏瘫、失语，当时小学教师享受全额公费医疗，救治还是及时的，经过一段治疗，语言能力和肢体活动有所恢复，只是生活仍不能自理。解放后各家的简易茅厕陆续取消，被每条胡同中建成的公厕所取代，这样对行动不便的老人、病人造成困难。料理家务，倾倒粪便都落在齐先生一人肩上。二姐家与老姐家仅隔一条马路，所以二姐的女儿经常过来帮忙，以希减轻齐先生的负担。就这样维持着，老姐的病情相对稳定了两年多的时间。

当时，老年人用品匮乏，老姐所用便器就是一个搪瓷痰盂，蹲起十分不便，我请学校熟悉的木工组师傅，照图样定制了一个舒适的坐便器和一个小课桌，便于老姐如厕和拿取食物。老姐为了减少排泄，尽量少喝少吃，这样更加大了血液的黏稠度。她住东房，民谚说："有钱不住东南房，冬不暖，夏不凉。"下午东房的西晒是很厉害的。老姐的儿子当时已分配了工作，工资待遇不错，早早给母亲房间安装了空调，这在当时要算超前消费，但是，线路和电表均为旧式，空调一启动电表就跳闸，致使全院停电，反复如此，空调机只能束之高阁。一个夏日，我去看她，只见她满脸油汗，头发已黏腻成绺，一般平房均无洗澡条件，只能为她洗洗头、擦擦身，她说头痒，让我用力帮她抓一抓，我因患有腰疾，不能弯腰太久，未达到她满意就停了下来，至今内心仍在受着谴责。1996年春，一日，老姐起立活动时不慎跌倒，致使左臂只能贴在胸前，不能外展，我请中医研究院东直门医院的一位老同学至家，帮忙诊治。经她初步检查判断，老姐可能有骨折，建议转入她所在医院，住进她管理的病房，认为老姐刚进入六十岁，身体基础尚好，如好好调理尚有康复的可能。齐先生不同意转院，认为离家太远，探视照顾很不方便。

　　因为怀疑有骨折，齐先生推老姐到就近的合同医院检查，X光拍片结果证实锁骨骨折并有错位，骨科大夫决定予以复位，因骨折已发生一周以上，估计有软组织粘连。当时我不在场，据说，复位时，老姐痛得如撕心裂肺般高呼不止。这次骨折复位，剧烈的疼痛，给老姐的身体带来很大的伤害，病情加重，神情有些恍惚，我在该合同医院请了一位可以出诊的针灸大夫，想帮助老姐早日恢复肢体功能。但是，事与愿违，大夫选用长针，进针深、行针力度很大，每次操作都造成老姐剧烈的疼痛和道不出的痛苦，扎了三次只能叫停。此时，北京又进入酷暑难耐的夏季，忽一日清晨，老姐左侧上下肢持续性痉挛，完全失语，意识丧失，小便失禁，被儿子迅速送至合同医院救治，合同医院属区级医院，没有CT设备，更无做核磁共振的条件，脑梗的部位不得而知，仅从症状看，病情十分严重，虽经救治，但已回天乏术。实际上从这天起，老姐已真魂出窍，进入准死亡状态。对此，我至今追悔莫及，也许当时不找老同学探看，不确认有骨折，不做复位处理，不进行针刺治疗，老姐的病情还不至于如此急转直下，对于我的介入和建议，齐先生是不大高兴的。是否姐妹之间不应干预太多，任病情顺其自然发展，更符合实际？这是我心中至今还深存的自责与隐痛。

医院对老姐的救治没有什么特殊办法，不能下胃管，也未给鼻饲，只靠一般性输液维持生命。

内科病房收治几天后，病情毫无起色，医院怕压床，建议转入下一级医院，指的是社区医院住院部。我再去看她时，在一个偏僻的小街里找到了该医院，一间大病房，住着七八个病人。老姐已不认识我，不再像每次见到我时泪流不止，只是呆滞、漫无目的地睁着眼睛，左上肢和左下肢依然僵硬地挛缩着，搬也搬不动。我呼唤她，为她轻轻做按摩，全无反应。儿子要上班，只能下班后来照看一下，丈夫已疲惫不堪，不能再来照顾，亲戚，因医院地处偏僻，探视也没有以前方便，请了一位中年妇女做护工，日夜陪伴。只靠输液的病人，除去尿，已多日没有大便，那时还不知有成人用的"尿不湿"，就拿家中的旧床单、旧衣物垫在身下，护工责任心不强，尿湿了不能及时更换，更不会经常拍背翻身，骶骨处已发生褥疮。

永 别

我最后一次去看她，是在1996年10月中旬，因为要到天津去开三天会。她已快耗干了血脉，对于她将"蜡炬成灰"，我心里是有感应的，这次之所以硬着头皮去赴会，内心潜藏着不敢面对、逃避现实的思想。望着她原本胖胖的圆脸，现在只有皮下包着的高高的颧骨；原来红黑的肤色已苍白如纸，一身骨架只靠一口气支撑着，花白的头发已长及肩膀，我带了剪刀和木梳，在护工的帮助下，伏下身子，为她翻转着身体，剪短了头发，做了简单的梳理，擦了身，将我的脸贴在她的脸上，禁不住满眼含泪，最后向她告别。几天后我回京，外甥女邀我进城，到她家相聚，见面后才慢慢告知我，老姐已于1996年10月19日魂归"离恨天"，并已火化，后事办理完毕。我禁不住痛哭失声，追念老姐遭遇的不公平的命运；追念老姐对我这个唯一的妹妹，细致入微的、无私的、真诚的关爱。

外甥告诉我，他妈妈离去的那天晚上，一反平日的寂静无声，喉咙里不停地发出含混不清的哀鸣，声音凄厉而恐怖，同病房的女患者有的被吓跑了，只有几位基督徒老太太同情地守候着，直到喊声停止，没有了呼吸。她们帮助外甥给老姐穿上寿衣，而那临时外买的寿衣做工粗糙，在穿戴时，上衣袖子一拉就断开，鞋子一蹬就开绽，就这样七手八脚把老姐装殓起来。

再见她时已是阴阳两隔。外甥引领我认知了

老姐的骨灰存放处，儿子为母亲买了高档骨灰盒，深棕色紫檀木的盒体上镶嵌着牙黄色的一双对飞的凤凰，老姐的一英寸头像，安放在双凤中间，那是她最喜欢的照片，戴着眼镜微微含笑，慈爱的教师容貌。我从八宝山公墓骨灰堂中捧出老姐的骨灰盒，找一处僻静之地，将盒体放在一块清洁的巨石上，摆上她爱吃的食品，点上香，焚烧了为她写的祭文。

　　老姐对我的爱是无私的。老姐是理家的能手，工资不高却总有节余。我是老小，遇事有哥哥姐姐在前面顶着，除去学习和玩耍，什么事也用不着我操心，所以独立生活能力和理财能力很是缺乏。婚后过日子的细节，老姐都为我想到了，包括帮助购置必备的餐具和炊具，指导新铁锅如何使用，怎样生炉子，蜂窝煤的巧妙用法。为我筹备床上用品，选购衣料等等。除去生活上的指导，更重要的是精神上的慰藉。

　　人过中年，总是希望与了解你的人一起回忆童年的轶事，分享今日快乐，诉说内心的苦闷。且能心无芥蒂，畅所欲言。从小就了解你的人，能说知心话的人越来越少，没有了这种愿意倾听你谈话并与你交心的人，就要从此将某方面想说的话，憋闷在心中，常会感到一阵阵的落寞与悲哀。可惜这个人早早地走了，再也回不来了。

几年后齐先生随老姐而去，外甥在西郊万安公墓买了上好的墓地，做到了使父母"入土为安"。我与老姐相见并与之交谈，只能在虚拟的幻象中，老姐已走了二十多年，这种幻象经常出现，延续至今。

老姐二三事

怎样评价老姐？我认为，她是一个老实人、朴实无华的人、勤奋向上的人，是一个好人。她只想尽职尽责，干好本职工作，料理好家务，让亲友分享她的好厨艺，过上好日子。她从未存过什么歹意，欺负谁、陷害谁、占谁的便宜。现在只追忆老姐生前的二三事。

二姐由于患心脑血管病，很早就表现出行动不便，老年痴呆等症状，为了避免临时措手不及，老姐买了真丝软料，亲手为其缝制了寿衣，包括：长棉袍、棉裤、棉褥等，剪裁合体，做工精细。可惜，老姐先于二姐四年辞世，没人想到为她提前准备寿衣,老姐穿的是临时外购的劣质寿衣,痴呆的二姐却全然不知。

在管道煤气尚未安装,煤气罐刚开始使用的年代,老姐家先得到了一套煤气罐和煤气灶,这对双职工无疑会带来许多方便,她本来可以自用,但是,她先想到了二姐,因为二姐家人口多,更需要,于是,她把全套装置送了过去。她调弄的小炉子十分好用,直到她临终也没有再要回来。

每当过年过节,就看到她在灶前忙碌的身影,端午节,包粽子;中秋节,蒸团圆饼;春节,炸丸子、炸排叉、炸薯片。她坐在矮凳上,守着小炉子,一锅一锅为亲友、为家人制作美食。那是物质匮乏的年代,我每年都可以得到她珍贵的馈赠,制作精良,可与外卖媲美,粮、油都是她平时留心积攒的,她乐此不疲。

每当秋季,西红柿成堆处理的时候,她会分期分批购入,自制番茄酱,将切碎的西红柿,装入洗净的葡萄糖瓶子里,蒸煮消毒后,密封保存,要制备十六七瓶,除分赠亲友外,自家保留大部分,严冬在她家仍可享用到西红柿鸡蛋汤。

当时每人每月只配发半斤油、半斤肉,她将肉票都买肥肉或猪板油,用妙招炼出洁白的猪油和油渣，以节省素油，她会用猪板油制作"脂油家常饼"，外脆内软，醇香无比。不过由于动物脂肪摄入过多，为她后来的高血压、高血脂、动脉硬化，埋下了祸根。

我儿子小的时候，老姐给他的压岁钱，数额是较大的，我虽然比她工资高，但那时孩子小，花销大，常感囊中羞涩，是典型的"月光族"。老姐心中明白，压岁钱等于对我的生活资助，现在想来是很惭愧的。

老姐爱生活，爱京剧，爱书法，爱烹饪，爱缝纫，爱旅游。老姐对针线活练就了童子功，缝衣、绣花、做鞋，样样拿得起，解放后国家办了不少缝纫培训班，老姐参加过专门的培训，对缝纫机的简单维修和衣料剪裁都已掌握。为了节省开支，大人和孩子日常穿的衣裤都是自己动手缝制。

改革开放后，小学校在暑假也组织短途旅游，她是乐于参加的，记得一次是去承德"避暑山庄"，她带了儿子一起去，母子为了省事也省钱，买了十个大油饼作为旅行食品，玩得很开心。再一次是去北戴河，我看到她穿了泳衣，在浅海中戏水的照片。

老姐习惯于居下、隐忍、克己，在社会上只求一席安身之地，平实认真地活着，无所奢求。但是，命运对她太不公允，老姐带着不平的悲鸣走了。我欠她、想她、写她、纪念她。

2016 年 3 月 28 日 写于北京

2017 年 11 月 6 日修改增补

一位普通农妇苦难的一生

——追念我的大姨

清朝末年，大姨出生在河北省完县大恩村，一个比较富裕的村子。家境中等，不愁温饱。有两个哥哥，一个妹妹（就是我的母亲），面貌一般，眼睛比较小，后来因为常年哭泣，晚年，我见她的时候几乎眯成了一条缝隙。裹了很小的脚，到及笄年龄被许配给离家五里外的西韩童村韩家。韩家家境并不富裕，但夫妻生活尚和睦，育有三个儿子。不断添人进口，生活越现拮据，有志男儿也像现在一样，外出创业。丈夫离家以后，曾托人捎口信回来，告知去了山西，后来就再无消息。大姨拖着三个未成年的孩子，度日极为艰难，盼望日复一日，年复一年，几年过去，杳无音信，几乎哭瞎了双眼。无奈之下，卖了无力耕种的几亩薄田，除少部分留下度日外，大部分托娘家的大哥为之放债，以图换取一点利息。没想到，几年后，当兴冲冲向大哥索要时，却被大哥告知，钱已分文皆无，理由是："利滚利，利滚利，钱已经没有了。"最终，钱打了水漂，本利无回。这成了大姨的心病，就像祥林嫂不停地念叨"阿毛"一样，多少年后，我还听她操着浓重的河北口音，向母亲诉说这段苦情。丈夫走后，数年之内，两个小儿子先后因病夭折，只剩下最大的孩子，小名叫群子，我们叫他群子哥，群子哥因赤贫的家境，一生也没娶到媳妇，母子相依为命，直到各自终老。

  我的母亲晚大姨几年出嫁，母亲运气不错，虽也嫁到贫穷之家，但是，父亲聪明能干，十四岁即到北京学徒，出师后回乡成亲，结婚几年后接母亲一同到北京创业，历经十余年的艰苦拼搏，逐步取得成功，过上了相对富裕的日子。母亲生活得到了改善，记挂着姐姐，我出生后，母亲捎信要大姨进京，以帮助料理家务、带孩子为名义，否则倔强的大姨是不肯来的。大姨将已能独立生活的群子哥作了简单安排，进京寻妹。那时母亲有六个孩子,四个尚未成年,我与二哥相差三岁,是最小的两个孩子。我们经常被大姨放进一辆装有对座的藤车内,各坐一端,中间有一可以拆卸的隔板,能够架在两个座位中间,变成小桌,也可以插在两座之间,拼成小床,设计很是科学。那时因为子女多,这种童车十分普遍,几乎家家都有。那时我家住在崇文门外,葱店后街,大姨推着我们,经常游戏的地点是法塔和龙潭湖附近。当年龙潭湖因多年未经疏浚,湖面已很小,成为一片郊野湿地,湖边长着茂盛的芦苇和蒿草,那是儿童的乐园,春日捞蝌蚪,夏日奔跑着追逐蜻蜓、蝴蝶,草丛中捉蚂蚱、逮蛐蛐儿,无拘无束,沐浴在大自然的怀抱中,只要不到危险地段,大姨一般不予阻止。

逮蜻蜓

大姨在京居住了有两三年，那时我家是租房住，我四岁半时，父亲买了一所两进的小平房。搬家前杂事很多，大姨觉得插不上手，二哥和我也都可以离开大人的看管，独立玩耍。她也惦念着家里的儿子，提出返家。这样，母亲尽其所能为她添置了衣物，带足了盘缠，送她上了火车。直到我十四岁因病休学，随母亲返乡养病，才又见到大姨。

北京解放那年我进入初中读书，第二年即因患腰椎结核病休学。母亲想带我回老家养病，顺便看看乡亲们。父母的家乡属于晋察冀老解放区，解放了，不打仗了，交通便利了。母亲为每位乡亲都带足了礼物，所以，各家都是热烈欢迎，喜气洋洋。最先到达母亲的娘家，虽然大舅、二舅均已去世，但是，舅妈和表哥表嫂还在，孩子也很多，他家有车马，可以到火车站接送我们。土改后的农村一片繁荣景象，孩子们伴我赶集、逛庙会，第一次看到庙会上戏班子演出的"河北梆子"，高亢的调门儿，热闹的锣鼓点儿，震撼人心。摩肩接踵的人群，各色交易的摊点，目不暇接。在每家都住上一两天，热闹一番，最后群子哥来接我们到大姨家。初见群子哥有点害怕，他已是四十岁左右的中年男子，身材高大，肤色黝黑，长着一张不用化妆的包公脸。只见他连背带提为我们拿了全部行装，我们空着手，跟着他走。群子哥不善言谈，不苟言笑，母亲问一句答一句，绝无多话。就这样我们默默无声地穿过一片片田野，来到大姨家。

对大姨的印象虽然已很模糊，但是，并不生疏，因为，母亲在同我们的谈话中经常提起她，为她的命运叹息，鸣不平。所以，在感情上我们对大姨充满了尊敬和同情。大姨比母亲显得苍老许多，脑后虽绾了髻，但头发有些散乱，穿了一身粗布裤褂，白上衣，黑裤子，裤腿上扎了腿带，颠着小脚走出来迎接我们。大姨家有一个不小的院子，只是院墙有些残败，靠西墙有一个废弃的猪圈，靠北墙有坐北朝南两间土坯房，原是三间，东边一间几年前倒塌，未再翻盖。正屋没有窗，进门后室内光线很暗，土地的地面，很不平整。西墙下，有一个土坯垒的灶台，除灶旁放着一口完整的大水缸外，其余就是两三个缸碴，缸边都有参差不齐的大缺口，里面装了几个打了补丁的粮食口袋。进入内室，比较明亮，因为南面墙上有一扇很大的窗户，占墙体面积的大约三分之一，窗体是一个大木框，用木条拼接成小方格装填其中，上面糊着窗户纸，下端镶着一块小玻璃，坐在炕上，可借此向外张望，对院内情况一目了然。木窗可以开合，能用一根带叉的木棍将其或高或低地支起来，窗下，是一铺大炕，上面只铺着光光的苇席，没有炕被，炕脚堆放着几个旧包袱，炕上有一台老旧纺车，旁边放一针线笸箩，炕边有一个被磨得锃光瓦亮的木制小板凳，母亲告诉我，那是大姨常年的枕头，除此再没有其他家具，这就是大姨居住的条件。但是，我一点不觉得苦，因为，一方面母亲已多次述说过她的家境；另一方面，看到大姨和母亲之间相处的是那么和谐，亲密无间，感觉十分温暖。

饭菜就摆在炕席上，我们围着粗盘大碗，在炕上盘腿而坐，吃的食物却比别家都好。群子哥做制粉、售粉小生意，从集上买来烧鸡、大煎饼、黄粉浆、腌萝卜等等。他从大姨口中知道北京人爱喝豆汁儿，所以特意为我们买了黄粉浆。我们老家，除去吃凉粉外，还吃一种黄粉，也是绿豆制品，只是略经发酵，粉坨呈淡黄色，有些酸味，其粉浆类似北京的豆汁儿，只是质地更细腻且呈淡黄色，因为是新鲜制品，又没有掺水，所以味道更浓郁醇香可口，酸甜适度，的确是平生喝过的最好喝的豆汁儿。煎饼卷鸡肉，就着大葱，蘸着自家做的黄酱，其味美无法形容。那时正值四五月份，晚上，让我睡炕头，用外间灶膛做饭烧火的余热暖炕，认为可治我的腰病，母亲挨着我，大姨睡炕脚。我们将衣服卷起来当枕头，盖着母亲带来的被单，群子哥不在家吃饭，也不在家住，吃住在何处不得而知。躺在炕上，听着大姨用缓慢的声调又在重诉她的故事，虽然我大多听不懂，但是，有两句关键话，我永远记住了。一句是："他说：'你那点钱，利滚利，利滚利，还能有吗？'"这是指大舅向大姨解释她的那笔钱是怎么变没有了。另一句是："说是去了山西，可是山西什么地方啊？是活？是死？还是另成了家？"我很快进入梦乡，她们谈话到何时就不知道了。使我至今也弄不明白的是，"放债"不是把钱借给别人，借债人要付利息吗？钱只能越变越多，怎么还能"利滚利，利滚利，越变越少，以至变到分文皆无？"但是，因为大姨出于对自家哥哥的信任，把钱交出去，手头却没有留下任何凭证，所以，只能是眼泪淌在心里，懊悔终生了。局外人也无法插手过问。

在大姨家住了两天,因为我们的主要任务是回乡养病,所以,母亲只能与大姨依依惜别,带我住进我家的老屋,大姨与母亲此一别竟是永别,我的母亲在1953年病逝。

再见大姨又是十年以后了,1960年,正值我国三年经济困难时期,粮食定量供应,经常感到腹中饥饿,城里人这时想到了乡下人,有条件的人到郊区去买土豆或萝卜,用以充饥。那时我正在读大学,老姐是小学教师,放暑假的时候,老姐和我商量回趟老家,想想办法。买了一些高价糖果,带了一些钱,几位亲戚家走访了一遭,只能提供一顿饱饭,没有余粮接济。最后来到仍住在破瓦寒窑里的大姨家,大姨已七十多岁,挂了一根木棍做拐杖,行动已不很方便。

大姨、老姐和我

群子哥因为在困难时期，从未拿过公家地里的一粒粮食，所以村民们公推他做了贫协主席。群子哥已不做小生意，只是在自家的大院子里种了麦子和玉米，房前屋后种了许多瓜菜，母子饭量都不大，所以，温饱尚可保障。依然是坐在炕席上就餐，饭菜依然是各家最好的，虽没有肉食，大白馒头直径有十公分以上，一大碗酱炒南瓜，浓稠的玉米糁粥香甜可口。当然，这并不代表大姨家平日的饭食，那时，农村都不让自己在家做饭，一律吃大食堂。我看见群子哥从公共食堂打回的半桶很稀的菜粥，这才是他们每天配发的口粮。

农村用麦子磨面分三个档次，最先磨出的是头道面，又白又细，类似现在说的富强粉，二道、三道逐级减差，最后连麸子也会掺进去。大姨给我们吃的全是头道面。我们在大姨家实实在在吃了两顿饱饭，住了一天，临走时，大姨为我们蒸了满满一篮子白馒头，装了一小袋白面粉，还给了两个大南瓜。老姐把剩余的钱都留给了大姨，我们告别了已是风烛残年的大姨，她拄着棍子站在房门外，眯着细眼，泪眼婆婆目送我们离去。一年以后大姨归天。

群子哥几年后也得了重病，咳喘得很厉害，可能与他常年吸劣质旱烟有关。到北京来求医时，人瘦得已脱了相，原本高大的身躯，已弯腰驼背，原本精壮黑瘦的脸，变得憔悴不堪，进京后就投奔到我二姐家，二姐是个极具热心肠的人，虽然家中孩子多，居住条件和经济条件都不宽裕，但是以极大的热情接待了他。不但给他腾出一间小屋，供他休息养病，还帮他求医问药，伺候他吃喝。在同仁医院，群子哥被确诊为肺癌晚期，已有广泛转移，判断为来日无多。所以，住了一段时间，明确了诊断，恐在北京出现不测，只能带了药，将他送上火车。群子哥无声无息地走了，就这样母子先后无牵无挂地离开了人间。

母亲曾告诉我们，大姨的处世格言是："ra 也不想 e，e 也不想 ra。"翻译成普通话就是："人家也不想我，我也不想人家。"自从上门向大哥讨要自己的钱款，几次被哥哥婉言拒绝之后，就再没回过娘家，娘家也从没有人来看过她。又长期与丈夫失去联系，除去暗自哭泣，留下的只有坚强。大姨受我母亲之邀，进京帮助看孩子，我们长大之后，任母亲怎么捎信请她来，她再没有来过。她尝尽了人间冷暖，深谙人们嫌贫爱富之心理。

她只安分守己过自己的穷日子，不依不靠，由于没有钱财为儿子筹办婚事，大龄的儿子结婚无望，当然也没有后代。所以，大姨心中没有将来，没有希望，她只顾当下的温饱，不添置家具，不修盖房屋，得过且过，过一天算一天。如果有人愿意下嫁到她家，且育有孙辈；如果有一天她久盼的丈夫有了音讯，或者捎信即将返乡，那将又是怎样一种情景。

人之所以活着，往高处说是因为有理想，有追求，有事业，有明确的奋斗目标；往低处说是因为有盼头，有寄托，有念想，有将来。大姨还没有达到"万念俱灰"的程度，还残留着一点念想，那就是对丈夫的思念或突然返家的期盼。现在想来，大姨的丈夫去了山西，一无文化，二无本钱，一个贫苦农民到了山西，除去下煤窑"吃阳间饭，干阴间活"，还能有什么出路？那时私人煤窑的生产条件及劳工待遇尽人皆知，大姨的丈夫还会有什么好结果吗？

旧中国农村贫穷落后，北方尤甚。农村妇女，没有文化，没有地位，活着就是为了结婚、生子，生活内容就是"上炕一把剪子，下地一把铲子"，纺线、织布、干家务，围着锅台烧火做饭。丈夫外出走了，除去一个"盼"字，别无它法。那么小的脚，为的是给男人看一步三摇的精妙步态，对女性是多大的摧残，给她们的生活带来多大的不便？这种恶劣的习俗在我国竟沿袭了近千年之久，除去革命先驱和有识之士替她们鸣不平，普通人谁曾替她们着想过？抗争反而会被认为是大逆不道。解放初期流行一首民歌，歌词大意是："旧社会，好比是，黑咕隆咚苦井万丈深，井底下压着咱们老百姓，妇女在最下层。看不见那太阳，看不见天，数不完的日月，过不完的年，做不完的牛马，受不尽的苦，谁来搭救咱？多少年来，多少代，盼着那个铁树把花开。"这首歌实在唱出了受苦人的心声。"妇女在最底层"，没有文化，愚昧无知，有苦无处诉，有冤无处申。不能抛头露面，不了解家以外的世界，默默无声地来了，又默默无声地走了。孟姜女、秦香莲自古以来又有过几人？

2016 年 8 月 17 日写于北京
2017 年 2 月 2 日重审，个别字词有修改

难忘的三个节日

胡同里的人们，平时没有什么娱乐活动，孩子们最盼望的就是过年过节。所谓过节，指的就是端午节、中秋节和春节三个节日，当然重头戏是春节，端午节是小节，中秋节居中，下面就由小到大分别追述。

端午节

端午节俗称粽子节或五月节。小时候就知道，端午节是为了纪念屈原的，屈原由于爱国受到冤屈，投汨罗江自杀了。老百姓划船到江中去救他，把粽子和米投到江中喂鱼，避免鱼吞吃屈原的肉体，这就是孩提时对端午节由来最简单的理解。

每到临近五月节，就有到胡同里叫卖菖蒲和

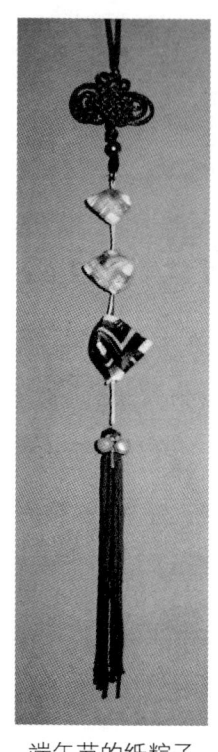

端午节的纸粽子

艾草的小贩,将两样东西扎成小捆,卖给住户,母亲是必买的。所以我家门框上一定要早早地插上一把菖蒲和艾草,为的是避五毒(旧时一般指:蝎子、蜈蚣、蛇、蜘蛛、蟾蜍)保平安。端午节前一天下午,院子里摆一张小炕桌,周围放上小板凳,桌子上备好包粽子的各种原料:一大盆泡好的白糯米配红小枣,一大盆大黄米配花江豆,鲜苇叶,捆粽子用的马莲,一应俱全。包粽子开始,母亲坐主位,姐姐们陪坐,我则从旁学艺。包好的粽子,要求米量足外形饱满、见棱见角、久经蒸煮不松不散。包的量是很大的,满满一大铁锅,放入适量的水,用重物压实,加盖,从午后开始煮,开锅后放小火,直至次日天明,端午节早晨,每人都可以吃上江米小枣、黄米花江豆,一白一黄两种热粽子。

那时,小姑娘在端午节都要给自己、给同伴,用彩色丝线缠纸粽子,一般是缠大中小三个,最下面用红线做一个穗子，穗子上穿上小珠子，然后按大中小排序穿成一串，挂在胸前。粽子的缠法是，取一较硬的长条纸，先从一端，将纸条对角折叠，照此继续往下折八九次，再打开，折成五角六面立体的粽子形。由姐姐伴着，到绒线铺挑选各色丝线，然后，将你喜欢的各色彩线按设想的图案缠起来，就成了一个个色彩鲜艳的纸粽子。每当端午节的时候，凤仙花就开了，凤仙花又叫指甲草，那时几乎家家都种这种小草花。女孩子们将红色花瓣摘下来一些，放在一个小酒盅里，拿一小块白矾慢慢压榨出汁，用牙签挑起砸烂的花泥和红汁，一起摊在指甲上。举着两只小手，让花泥停留在指甲上，大约十几分钟再洗掉，指甲就染成了红色，可以保留较长时间。望着稚嫩的小指甲上，点点鲜红，喜不自胜。

中秋节

"中秋节"，老北京人以前就叫"八月节"或"八月十五"。八月节前几天，母亲已开始忙碌，态度认真而虔诚。要买回一尊一尺多高的泥塑彩绘兔儿爷，买一把毛豆要带枝叶的，上面挂着青豆荚，还要配上一只红鸡冠子花，从石榴树上剪下几个长势最好最大的石榴，那时北京人小院里大多种有石榴树。从点心铺买几块自来红、自来白两种小圆月饼，还要买制备团圆饼的果料（小枣、栗子、核桃仁、花生仁、葡萄干、青丝、红丝等）。最后的重头戏就是制备团圆饼了。团圆饼的大小视家庭成员多少而定，我家人口多，要做直径一尺左右的，将发好的面先分成份儿，准备做几层就分几等份，要留出一块较大的面做包裹全饼用。开始制作，先将一块一块搋滋润的面擀成等大的圆饼，每层面饼上铺一层掺了面粉的红糖，均匀散布些果料，然后一层一层叠加起来，一般要做四五层，最后用一块大面皮包裹好，在面皮上可以大做文章，尽显主妇的手艺和情趣，可将各种果料码放成一件工艺品。制作完毕，放到笼屉中蒸熟备用，要等到供完月亮，才能分而食之。

皓月当空之时，拜月开始，一张小炕桌作为供桌，先摆上骑在老虎身上，披挂整齐，威风凛凛的兔儿爷，再摆上兔儿爷爱吃的一束毛豆，接下来是摆几个石榴，两盘自来红（不摆自来白），正中端端正正放上自制大团圆饼。供桌前放置一块坐垫，小香炉里母亲点燃三炷细香，袅袅香烟缭绕升空，香气弥散在小院中。太阳属阳，月亮属阴，所以拜月的一般是女眷，母亲是要年年跪拜月亮的。刚

中秋节的兔儿爷

刚跑进跑出帮助端供品的孩子们，此时围着供桌蹦蹦跳跳，新鲜又兴奋。不时抬头细心地观看月亮，听哥哥姐姐们说，月亮里有广寒宫，住着嫦娥，有一棵桂树，有一个不停砍树的吴刚，还有一只为嫦娥捣药的玉兔，虽然怎样认真端详琢磨，也辨认不出月亮里有这许多人物，但是，内心是希望他们都存在的。望着高高悬挂在空中的一轮明月，望着无比浩瀚深邃的太空，觉得太好看了，太神奇了，心里有一种说不出的幸福和快乐。至今还认为童年的月亮是最亮最美的，童年的中秋节回味无穷。

母亲病逝后，没有人再组织供月活动。后来搬进单元房，月亮不再是节日的主角，就剩下在

房间里分食月饼了。人们告别了小院,告别了自然环境,封闭起自己。月饼越做越高级,包装越来越考究,节日却越来越少了趣味。

春 节

对儿时最愉快最动情的回忆就是过年,虽然辛亥革命以后引进了公历,分出了春节和新年,但老百姓依然把春节叫过年。新年,除去放假休息或机关单位组织一些庆祝活动外没什么大动静。

老北京的过年序曲从喝腊八粥开始,俗话说:"送信儿的腊八粥。"腊八这天除去喝各色杂米杂豆混合熬制的腊八粥以外,还有一项很重要的任务就是泡腊八蒜,选蒜、剥蒜、泡蒜各项工艺要求十分严格。蒜瓣的遴选要求洁白、整齐、无坏损;剥蒜的手要清洁无油污;剥蒜时要绝对避免用指甲抠伤蒜体;泡蒜坛子要提前洗净、控干,一切准备就绪,下面就是装坛、灌醋、加封。坛子放在屋角背阴处,直到三十儿晚上吃饺子时才由母亲揭秘,盛出的蒜瓣绿若翡翠,酸辣适度,用于佐餐恰到好处。

"腊八"一过就盼着扫房,童谣说:"二十三糖瓜儿粘；二十四扫房日；……"但在我的记忆中扫房是要提前几日的，"扫房"又是一件极为认真隆重之事，头天晚上母亲就要仔细做好准备，全权督办，兄弟姐妹各有分工，次日天刚放亮即被唤醒，睡眼蒙眬中穿衣戴帽，随即融入搬运队伍。我最早参与扫房大约5-6岁，由于年龄最小，只负责搬低矮处的小物件，当然最不怕摔的是方桌下面贮存的大白菜。那时北京的冬天极冷，我们住里外屋，里屋生炉子，外屋即放贮存菜及越冬植物。母亲要求房间里的陈设，越冬的石榴、夹竹桃等大小花盆以及其他瓶瓶、罐罐全部搬到院子里，除去留一两张厚重的桌子为了蹬踩着扫房顶外，其他则片纸不留。大人孩子进进出出犹如蚂蚁盘窝，紧张、庄严、有序，直到东西搬完，天方大亮，一干人等如释重负。面对空旷的房间最兴奋的当然是孩子，跑来跑去，高声呼喊以听回声。稍事休息，人员进行重新调配，负责扫房者最令人羡慕，头上蒙块包袱皮儿，戴上口罩，站在高桌上，手中挥舞长把硬翎鸡毛掸子，真是威风凛凛。塔灰、蛛网一扫而光。待尘埃落定又开始了第二次搬运，搬运前凡可擦拭的物件一律要求见光。一天下来各个灰头土脸，疲惫不堪，内心却隐藏着一种期盼的喜悦。

　　腊月二十三祭灶日不能变，灶王爷、灶王奶奶的像被印在一张木刻版彩色纸上，十六开大小，我家的灶王爷并未供奉在灶间，而是贴在外屋条案上一个小佛龛里，两旁的对联是："上天言好事，回宫降吉祥"。横批为："一家之主"。二十三日晚上，母亲先在佛龛前供上饴糖做的一碟糖瓜儿和一碟关东糖，供奉这种入口即很黏的糖，为的是把灶王爷的嘴粘上，然后点燃三炷香、三叩首、将像揭下、拿到院子里焚化，口中念念有词："灶王爷上天，好话多说，赖话少讲！"直到三十儿晚上再将新请的像贴进龛内，表示灶王爷、灶王奶奶老两口儿已向玉皇大帝汇报完毕，带着喜福回宫。

　　扫房日过后采办年货渐进高潮。我家时住花市大街附近，临近岁末这条街上购物的人流真是摩肩接踵。大哥、二哥每年要在花市西口摆对子摊，为顾客书写春联，很受欢迎，欢欢喜喜挣些辛苦钱用来购买鞭炮；姐姐们负责买花生、瓜子、芝麻糖等小吃；我则跟随着母亲，逛画棚子选年画、买窗花儿、买挂钱儿（用红灯花纸刻出吉祥如意、四季平安等字样）、到东花市绢花店买头上插的红绒花。此外还需选购一大方猪肉、一条大鲤鱼、宰杀一只自养的活鸡。父亲为全家生计奔忙不参与家务，记得有一年三十晚上，父亲带回来一盏宫灯式走马灯，制作精美，点燃蜡烛后灯内人物旋转不止，让孩子们喜不自胜。

　　因为从年三十夜到初五不准动刀剪等锐器，所以这五天的饭菜都要提前备齐。每年制作什么食品均有惯例，马虎不得，母亲和姐姐们围着炉子蒸、炸、煎、炖，忙得不亦乐乎。首先要蒸出来足够吃的馒头，除去馒头，还有莲花卷子、喜字饼、枣糕等诸多造形。上面都要用胭脂点上红点儿，这当然是我的差事，有位叫刘树怀的徒工，在筷子头儿上为我雕刻了一朵小梅花，所以每个馒头正中都有一朵小红梅花。荤菜以猪肉为主，要做成一碗一碗的扣肉、红白条子肉、红白丸子等，全部做熟。待吃的时候仅需蒸热，将蒸碗内的肉食反扣在另一只细瓷碗中，放香菜，浇上鲜汤即可。冷荤，年年是"鸡勾鱼"，将鸡和鱼分别炖熟后混合在一起凝成冻儿，放在一个大瓷盆中，随吃随取。小菜则有芥末白菜、瘦肉炒酱瓜、肉皮冻（系将肉皮切丁加水熬汁，再将水芥、熏干、胡萝卜各切成丁加入青豆煮熟后，凝冻即成，色彩红白黄绿相间，味道天然鲜香）等。当时一般人家都没有冰箱，制成的食品就放在院中的大缸内，盖上厚重的石板以防馋嘴猫。母亲每年还要为讨饭人蒸出一屉窝头。

  年三十儿是喜庆的高潮，从清晨屋里屋外即开始布置，贴年画、贴剪纸、贴对联、贴挂钱儿，到处喜气洋洋，天将擦黑母亲一改平日节电的习惯，要求把灯全部打开，并且要亮到次日天明，因为当晚诸神下界视察民情，可能为了让他们看得清楚吧。家长还会有的放矢陆续发布各项禁令：不准说不吉利的话！不准吵架！不准哭！不准打喷嚏（因为阎王爷拿着勾魂簿可能正在点名，打喷嚏等于答应），等等不一而足。母亲将一捆捆的芝麻秸散开铺在院子里，让我们踩岁（碎），我们在上面踩着跳着，脚下发出吧吧的响声。记得在晚饭前我们就要换上全新的衣裤鞋袜了，吃过丰盛的年夜饭，孩子们进入高度的亢奋状态，争着为父母守岁，比谁能通宵不睡。一年一度的娱乐活动开始，比如：女眷们玩索胡纸牌、玩顶牛儿；二哥和我爱玩"升官图"，转动一个上面是四边形，下面是锥形的小木陀螺，四面分别写着"德、才、功、脏"四个字,转到"功""才""德"分别前进一、二、三步,转到"脏"则须后退。从"白丁"起步,谁先升到最高官位谁为胜。午夜一至,胡同里鞭炮声齐鸣,我们也飞奔而出,大哥、二哥放二踢脚、麻雷子(一种单响大红炮仗),我则放从一挂鞭上解下来的小炮。

除夕夜一过,家中开始了相对平静的节日活动,大人们要送往迎来或出门应酬,小孩子接受些压岁钱,逛厂甸儿,买大糖葫芦,买风车等,现代人对这些可能也很熟悉了。年初六,一切娱乐活动自动停止,各就各位,各司其职,又待来年春节了。

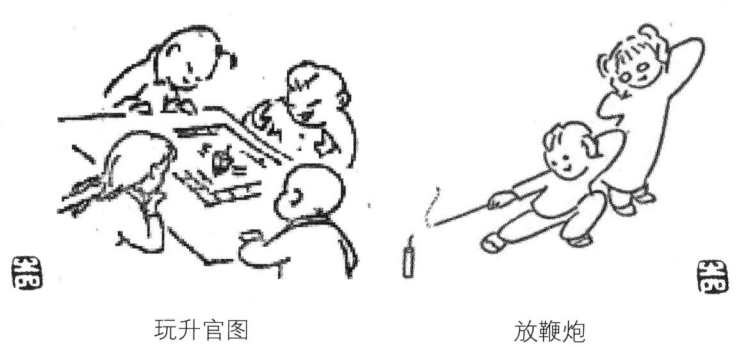

玩升官图　　　　　　　　放鞭炮

现在我已是耄耋之年,几十年间大小庆祝活动参加的不少,何以对童年春节的人和事记忆如此清晰，如此眷念，首先是因为感念母亲筹办节日态度之虔诚，为了给全家祈福，为了孩子们的快乐，母亲不辞辛苦，做到了事无巨细件件一丝不苟。其次是感念节俭、勤劳的家风，孩子们平日粗茶淡饭，穿着朴素，极少零花钱，更没有什么像样的玩具，因此才留有期盼，北京话叫留有念想儿。如果天天锦衣玉食，事事有求必应，岂有"珍惜"二字可言，应该是人同此心，心同此理吧。

2006 年 1 月 22 日于北京

2017 年 7 月 29 日删改

私塾与蒙学

进入 20 世纪 30-40 年代，私塾早因科举制度的废除而逐渐萎缩退化，但在老北京的胡同里尚有个别的书馆保留着，生源也不匮乏。我就读的私塾在离家仅有百米之遥的一条狭小的死胡同里，无交通安全上的担心，学费又很少，所以我不到六岁，就由老姐陪伴被送进私塾接受启蒙教育。家长的想法是，送孩子进去收收心，学习一些古训，让老师帮助调教调教。当然依家庭情况，有的学生要在私塾里多念几年，打下读书识字的基础后，为了生计就要直接走向社会，不再接受深造，所以学生间年龄差距比较大。

我就读的私塾，教室高大，由三间平房打通改建而成，有 40-50 平方米，南北长东西较窄，呈长方形，门窗开在北墙，对面南墙上只有一扇很高很小的后窗,东西两面墙无窗,室内光线不足,显得有些阴暗。门在北墙西侧,进了门左手边即是宽大的讲台,讲台正中放着老师的讲桌和坐椅,沿南北方向竖放4-5排课桌和凳子,坐满了三四十名男童,当时二哥尚未转学也在其中。课桌与讲台之间空地上横放一长桌和条凳,是女童的座位,大多空着,老姐已提前在此就读,我算新添的一个。西墙北端有一侧门,可通老师和师娘的居室,平时不开,师娘出入另外有门。教室里没挂孔子像,所以进门不用拜圣人,只给老师鞠躬就可入座。老师姓赵,名蔼如,身材瘦高,四十开外,戴眼镜,着长衫,面带威严。

  课程安排不分学时和学期,随到随上。一个教室里的学生授课内容各不相同,有人读《四书》,有人读《五经》,有人读蒙学书,进度也各异。没有课间休息,更无文体娱乐活动,屋前小小的院落里连棵花草都没有,更谈不上运动器材。学生们只许端坐在凳子上或念书或习字。老师要求学生放声朗读,于是各读各的书,各唱各的调,教室里真可谓"蛙声一片"。唯一准许的活动是"出恭"——上厕所,厕所设在院外,就读时间长的学生胆子大,常借此机会遁出,拐至后山墙外放放风，游荡一会儿。另一种喜乐的机会是老师临时离开教室，学生们立即活跃起来：摆弄位子里藏匿的小把戏、彼此交谈、串位子联络、有的甚至哼起了小曲，活动的原则是声音要轻，一次男生之间因打闹急了，失去控制喊叫起来，被老师听到，顿时大祸临头，老师破门而入，厉声喝问是谁喊叫，弄清了姓名，奔向讲桌，抓起讲桌上的戒尺，从座位上将该男生拉出来，不问青红皂白，拽出手就是一顿板子，欲加辩解，责打更重。

老师除去管教学生还要管教师母，师母身材十分瘦小，稀疏的头发在脑后绾一个髻，穿一身洗褪色的蓝布裤褂，裤脚用黑布带子扎起来，缠足。师母平时低眉顺眼，没有听到过她的言语，他们育有一个小儿子，也很瘦小。一次不知何故，老师命师娘从侧门走出来，怀里抱着一件衣服（老师的皮袍），面对学生跪在讲台上，手里还要操动针线为老师缝补皮袍。在写这篇回忆文章时，经询问二哥，他告诉我，那是因为，老师挂在高处的篮子里，装着为供学生早餐买的油条少了一根，怀疑是师娘偷吃了，所以，用此方式羞辱惩罚师娘。师娘瘦小的身影，战战兢兢的神态，至今仍留在记忆之中,多么可怜的师娘。若干年后,赵老师去世,只留下孤苦的师娘带着小儿子艰苦度日,后来不知所终。

  我的第一本启蒙书是《三字经》,老师只管圈点生书,规定背诵内容,并不多做讲解。背书对于儿童不算难事,一方面在家里早已听哥哥、姐姐诵读过,耳熟能详;另一方面幼童记忆力极好,虽不能全解其意,但不影响背诵效果,一本《三字经》没用多久即可通背下来,从首句"人之初,性本善"到末句"戒之哉,宜勉力"可以一气呵成。在家里常常高声背诵,既作为游戏,也是小孩子一种得意的自我炫耀。关于习字我须从握笔开始学起,首先要坐端正,右手拇指、食指、中指握笔,无名指、小指适度弯曲,手心要空——成年人要能握下一个鸡蛋,笔杆必须竖直,握笔要有力度,老师常常串行走动督察学生学习,走到一个学生的背后即可能从上方拔你的笔,看你握笔是否用力。研墨、捺笔的规范动作也是习字前的基本功,正式练字从描红开始。我在私塾仅读了不足一年,背过了《三字经》和《百家姓》后就被送进了哥哥们就读的私立小学,从此告别了私塾生活。

时隔七十多年往事再忆，那种压制儿童天性的教育方式和教育环境虽不足取，但是启蒙书中一些明白、易懂的字句却融入了我以后的思维之中。譬如："融四岁，能让梨。""如囊萤，如映雪。家虽贫，学不辍。""昔孟母，择邻处。"等，使我在长幼有序、勤奋学习、认真教子等方面受到了一些潜移默化的影响。同时因在私塾中受过短暂的启蒙教育，对于中国的传统文化有所熟悉并建立了感情，再遇学习机会则易于入门。

退休以后有了自己的时间，有计划地认真学习了几本经书，《论语》为首选。历时一年将全文初读一遍，后又用了三年时间详读多遍，并写了心得感悟，获益很大。从中了解到孔子与其弟子关系十分亲密，孔子对弟子有教诲、有鼓励、有批评，更有深挚的爱、理解和尊重。学业也并非只限于课本，要学习六艺，即：礼(礼节)、乐(乐器)、射(射箭)、御(驾车)、书(书写)、数(数学)。春季师生有畅快的郊游，有幽默风趣的交谈。师生一起游学各国。这种师生之谊令人十分向往。不知何时演变成后来刻板的读死书的模式。

联想到我们在大、中、小学读书时，在校学习的诸多课程以传授知识和技能为主，目的为了求职或就业，对于如何做人及人格教育，解放后多用政治课代之，现在看来两者是彼此替代不了的。《三字经》开篇即提出幼儿品德培养的重要，如："性相近，习相远。苟不教，性乃迁。教之道，贵以专。""首孝悌，次见闻。"等，就是最好的诠释。在《论语》中，孔子教导的乃是为人之大道，怎样立志向学、怎样识人交友、怎样辨别君子小人，人应该有怎样的生活态度、怎样的社会责任等等，确有茅塞顿开之感。《论语》读后，2012年6月，我曾带着一颗真诚、尊崇的心专程到曲阜，拜谒了孔子墓，愿做他老人家的晚收弟子。

2005年11月21日于北京
2012年9月17日补充后面两段

上私立惜阴小学

我在私塾读了不到一年的书,由于两个哥哥已经转入私立小学,他们都是插班生,一去就读二、三年级,所以也把我转过去,以便有个照应。校名叫"惜阴小学",离我家很近,只过一条马路,我入学是从一年级开始。我到校后不久,两个哥哥就转到"汇文一小"去读书了,所以我也只在"惜阴小学"读到二年级。那个学校使我初识社会的复杂,没有留下什么好印象,只有几点突出的记忆。

学校是私立的,校长是一位中年女子,眼睛很大,样子很凶,对孩子们总是怒目而视。校门很小,进校门要通过一个狭长的门道,才能进入校园。在门道接近出口处,左手边有一个侧门,通家属院，门口有人把守，是老师，还是什么人，弄不清，总之是个管学生的大人。在门口外设一个方凳，方凳上放一个铜茶盘，学生进校前，要将口袋里带的零食或小玩意儿，全部掏出来，放入茶盘里，这叫"没收"。没收的东西不再返还给学生，就归老师"处理"，每天都能"缴获"一些东西，同学间传说，都给校长的孩子吃或玩了。

一年级刚入学，对学校不熟悉，不敢惹是生非，所以平安度过。到了二年级，孩子们胆子大起来，有时会引发老师暴怒。学校里体罚比私塾还严重，"刑法"花样也很多，罚跪、打板子（包括打手心或趴在桌子上打屁股）、头顶笤帚（即扫把）等等，包括女学生，一律照打不误。记得有一位年龄比我们大些的女同学，因为与老师犟嘴，打了手心还不示弱，于是改打屁股，真可谓被打得"皮开肉绽"，女孩子哭号声震天动地，惨不忍睹，但是，该同学横下一条心，始终不求饶，最后老师只能停手。后来这位女同学转学走了。我因来自私塾，受过严管，所以顺从、听话，从未挨过打骂，但内心是很恐惧的。

读完二年级，我也考入"汇文一小"，开始了全新的小学生活,"惜阴小学"后来的命运如何再也没有关心过。

2017 年 3 月 9 日于北京

成人在始

——忆母校汇文一小

北京汇文第一小学(简称"汇文一小"),原址位于崇文门内城垣东端,东便门角楼西北侧的盔甲厂。1945年到1949年我在这所学校从三年级读到小学毕业。毕业后又读过中学、大学,并在大学里工作多年,至今七十多年过去,人也年过八旬。这期间曾到过不少学校。但是,每当静下心来回忆往事的

校门

时候，最先映现于脑际的却总是汇文一小那美丽的校园、敬爱的老师、亲密的学友、丰富的教学内容以及多姿多彩的课余生活。

汇文一小那时属私立教会学校，用的是原汇文大学校址的一部分。当年，燕京大学由原设在盔甲厂的汇文大学与设在佟府夹道的协和女子大学等合并而成，1926年迁址到现在的海淀燕园，将盔甲厂的旧校址分别移赠给汇文中学和汇文一小。汇文一小自崇内马匹厂迁过来，至此有了六年制的完整小学建制。

说是教会学校，后来由于学校的经费来源逐步转移到以学生学费和向社会贤达募捐为主，所以，宗教影响逐渐淡化。在我就读时，除去圣诞节有庆祝活动外，平时在学校里几乎感受不到教会的存在。学费比一般学校高一些，但并不离谱，大多数学生家庭经济状况属中等收入或中等偏上水平。"汇文中学"和"慕真女中"教师的孩子免费入学。少数家境困难，交不起学费的孩子，可申请减免学费。至于名人或官员的子女仅是少数。况且，校风较正，重品德学业，不以门第取人。

汇文一小校园之美，不在于华丽，而在于朴实无华，在于能陶冶儿童美的心灵。在我们校园中不但有遮阴蔽日的众多树木，还有位于校区中心的生物园，那是自然课老师的实验园地，种植着一畦一畦的蔬菜，兔笼则位于园中之一隅。记得教自然课的张慎之老师曾带我们去收获萝卜，待到费尽力气拔出来的却是一只小拇指粗的萝卜时，至今仿佛还能听到同学们毫无拘束的哄笑声。春种秋收，对我来说，那是一块神秘的园地。粗壮的枣树和巨大的葡萄架也记忆深刻。汇文一小建校七十周年纪念刊中留有这样一幅照片与说明："本校校园产梨、枣、葡萄，甚丰。为养成学生爱护公物的良好习惯，在结果时，则令学生予以爱护。成熟时则予以分食。故校园中，不但景物经夏历秋，恒呈美观，学生亦能服从训育……"是的，每当收获的季节，被校工和老师们打下来的红绿相间的老虎眼大枣，装在笸箩里；被剪下来的一串串带霜的葡萄，码放在案子上。整齐单列的小学生队伍，依次每人可以分到三颗大枣或一串葡萄。手中捧着这珍贵的果实，感受到学校给予的爱的温暖。东西不多，也不贵重，但这是学校分给我的，我可以捧着它们回家，带给家人，带给母亲。

共同愛護 　共同享受
Dividing the Grapes

分葡萄

当时，学校里除去数学和音乐老师外。其他多是男老师，大约有二十多位。每位老师都个性鲜明，身怀"绝技"，各具特色，所以淘气的男生常结合老师的特点起些善意的绰号。校长和老师们大多数都住在学校免费提供的宿舍里。教工宿舍与学校毗邻，给了学生们极大的安全感，仿佛老师们随时都护卫在大家身边。孙敬修老师就是他们中的代表，晚饭后他常常踱步到校园里，看看住宿的学生，为思家的同学讲故事。孙老师当时任教导主任，兼过一届我们的班主任和美术课，和蔼的面容、亲切的语言、生动活泼的教学方式，一切还恍若昨日。

学生每升一级就要按个子高矮重排一次座位，

换一个同桌，也就意味着结交一位新的好朋友。虽是男女生合班但不混坐，或前后、或左右分列，所以，与男同学联系不多，竟没有留下什么印象。

由于学生们主要住在崇文门或东单一带，相距不远，下学一起结伴而行是必然的。下午三点多钟就放学了，放了学并不赶学生出来，大门也不是立即上锁，可以留在校园里玩一会。不记得有什么笔头作业，路过哪位同学家被邀进去做客是常有的事。阎保丽是我高小的同桌，她家住在汇文中学家属宿舍，与汇文一小邻近。她的爸爸、妈妈比较喜欢孩子们的造访，所以到她家去的机会较多。她家的小院花草繁茂，每当丁香花盛开的季节，保丽常常要采一大把紫丁香花送我，护卫着花束返家时的愉悦心情，至今难忘，手上似仍留有余香。刘珂是我毕业前的最后一位同桌，她家住在孝顺胡同，慕真女中家属宿舍。当时汇文一小的毕业生，女生可保送慕真女中，男生可保送汇文中学，不记得出于什么原因，我们没有接受保送而考取了贝满女中。入学前要进行体检，做完口腔科的检查，正准备离去时，牙医望着我们两个友好的小姑娘似有所感，对着我们的背影说："祝你们的友谊常青。"没想到一语中的，除去在人生打拼阶段中断联系外,中年以后再续友谊,至今仍在相互砥砺,不断探讨着人生的真谛。到现在,依然从心里感谢那位牙医的祝福。

学校里课程门类不少,除语文、算术、自然、史地课以外,还有珠算、大字、音乐、美术、国画、劳作(即手工)、体育等。西洋美术与国画是两种不同技法,就由两位老师分别授课。体育课也上得生动活泼,除正式授课内容外,常留点时间"放羊",让同学们自主组织游戏,最爱玩的是"老鹰捉小鸡""一网不捞鱼""丢手绢儿""点果子名儿"等。

正课之外还有些短训性的小课,如国术课,学习中国武术的基本动作;《论语》课,请老先生来作《论语》选讲;说话课,要求每个学生都要站到讲台前,练习五分钟的讲话,内容不限,以锻炼同学们的胆识和语言表达能力。由于学校对每门课同样重视,被聘任的教员都堪称一流,所以,学生也无偏科思想,每门课都上得很认真。这样我们在德、智、体、美、劳等诸方面的全面发展就很自然了。期末考试的前三名要发给奖学金,数额不菲,用一个白色大公文信封封好,上写班级、姓名、奖励等级,是极精美的毛笔楷书,据说是国画老师刘浩如先生的手笔。那时学生对吃、喝、穿、戴没有明显的攀比思想,对消费也不热衷,得了奖学金都是交给母亲,家人对此也无特殊鼓励,只是表示高兴而已,我曾积攒了几个获得奖学金的大信封,遗憾的是"文革"中全部失去了,失去的还有毕业时,各位老师和学友书写了临别赠言的珍贵《纪念册》。

小学时的课余生活用丰富多彩来形容绝不为过。每天早晨到校后有课前朝会,简短的老师讲话或作临时校务报告,然后是晨练、唱歌;星期六设周会,除讲话和晨练外,就在领操台上,由各班轮流演出一两个短小的节目。有的老师给予一些辅导,有的则是自编、自导、自演,如演讲、小歌剧、小演唱等,形式多样,生动活泼,内容多结合批评生活中的不良习惯或鼓励励志向上等。

每到节日必在礼堂舞台上组织较大型的演出,有的节目还被选送到广播电台,利用一部分孙老师讲故事的时间播出。这些文艺活动的倡导和组织者,主要是孙敬修老师,校长支持但不多干预,给了负责老师很大的活动空间。经常性的文艺演出,锻炼了同学们的创造力、胆识以及对文学艺术的爱好。

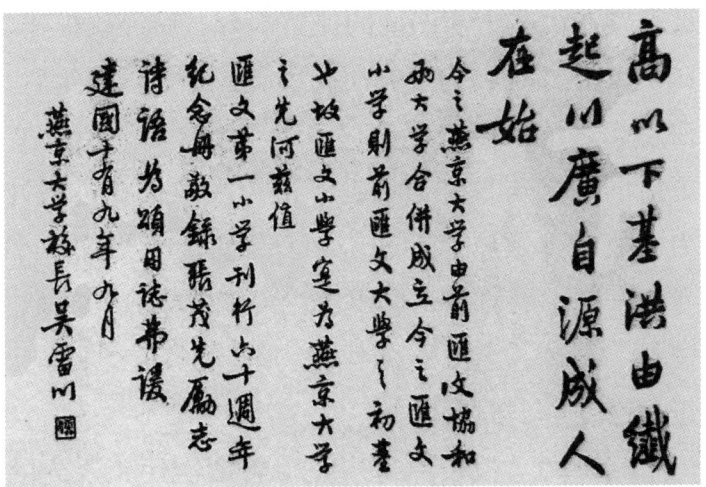

燕京大学吴雷川校长题词

那时学校东南角设有小卖部,主要卖些常用文具用品,中午偶有不回家吃饭的同学,可以在那里买到馄饨和烧饼,十分便利。饭后午休时间,大家可以随意安排,图书室是为学生开放的,架子上陈列的图书可以随意取阅。

放学后,时间早,几个学生可能结伴在校园里玩一会儿。离开学校,去爬城墙,登高望远,采摘野酸枣,更是乐此不疲。回到家,单人游戏也不少,踢毽子、跳绳、跳房子……当然,准时准点听孙敬修老师讲故事是绝不能错过的。

后来,汇文一小的全部和汇文中学的大部校址,在1958年修北京火车站时被占用,汇文一小被安置在汇文中学旧址的保留部分。后经改扩建，1978年正式更名为丁香胡同小学。毕业六十年后，在思念之情的多次驱动下，终于下决心打听到变更后的校名与校址，重返了母校。学校在进门处为已故的孙敬修老师塑了半身铜像，为汇文一小专门开辟了展览室，展出了尽可能收集到的文献、资料、照片、名人题词、实物等。2010年末，又正式恢复了"汇文一小"的校名。

燕京大学校长吴雷川先生曾两次用张茂先的励志诗句，书赠汇文一小："高以下基　洪由纤起　川广自源　成人在始。"① 汇文一小为国家培养出了很多杰出的人才，作为我们这些一般校友，虽然没有给母校带来更大的荣耀，但我们对待人生是认真的，是努力向上的。在这里，向为我们打下做人基础的校长和老师们深致敬意。"成人在始"，良好的小学教育，对于一个人的健康成长真是太

---

① 张茂先，本名张华（232—300年），字茂先。西晋大臣、文学家。张茂先励志诗共九首。此处选用的是第八首的前四句。第八首全诗为："高以下基　洪由纤起　川广自源　成人在始　累微以着　乃物之理　縕牵之长　实累千里"。

重要了。

本文曾于 2010 年 3 月 21 日
在《北京晚报》上发表
2018 年 5 月 21 日稍加修改,添加了备注

我们的孙敬修老师

　　每当回首学生时代，孙敬修老师的音容笑貌总是浮现在眼前。成长中授业的老师很多，对其中几位留下了深刻的记忆。后来自己也做了老师，有了孩子，怀着感念的心曾先后对几位老师进行过寻访。但是，有的已迁居外地，有的已改行，有的已故去。只有孙敬修老师，不管我们什么时候去拜访他，老师都把我们当成他的孩子，给予热情亲切的接待。见面的第一件事，是从他的玻璃小罐子里变出一粒粒冰糖，分给每人一颗。不论是在他曾经居住过的简易筒子楼里，还是后来搬进温暖明亮的新居，不论是在"文革"中他最艰难的岁月，还是后来他成为红遍全国的孙爷爷，始终如一。

　　孙老师和我们在一起常热议的，是孩子们之

我们的孙敬修老师 | 157

孙敬修老师遗像

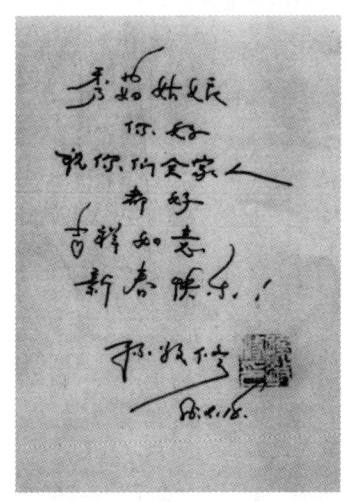
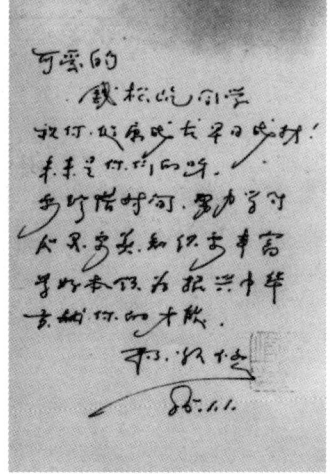

孙敬修老师遗墨

中发生的事。当我们反映当前儿童教育中存在的问题时，孙老师边倾听边思考，严肃认真地与我们讨论可行的解决办法，态度积极、诚恳。他把他编写的故事书送给我们的孩子，在扉页上，用他独特的美术体字写下宝贵的赠言，并郑重地加盖印章。和孙老师在一起的感觉永远是奋发向上的，幸福快乐的。

1945年到1949年，我就读于北京汇文第一小学。当时孙敬修老师是学校的教导主任，并兼做过我们的班主任和美术老师。

回忆中的孙老师永远定格在一个姿势：清晨，我们跨进校门，有时正遇孙敬修老师走过，我们向老师行礼，孙老师必定停住脚步，右手略举，头向右稍偏，微笑着向孩子们点头答礼，无一例外，无一怠慢。也从未见过他对某个学生特别的亲近，使我们都能感受到被关爱和被尊重，同时传递给了我们自尊和自信。下面就介绍几方面我对孙老师最深刻的记忆。

孙老师深爱着自己的母亲，多次讲过关于他母亲的故事。

孙老师的父亲早逝，家境清苦，靠母亲帮教会做工的微薄收入养育成人。年轻时孙老师患了肺结核，常在半夜醒来咳嗽并咳血，几乎形成了条件反射，内心紧张恐惧，到时必醒。有一夜醒来，看看座钟竟已超过平日两个小时，心中十分高兴，认为病情出现了转机，于是安稳睡下，从此真的不再咳血，身体也渐渐康复起来。后来才知道，那天是因为母亲特意将钟拨快了两个小时。孙老师出过自己的歌集，其中有两首是歌颂母亲的，至今还记得部分歌词。一首是快节奏的："野花簇簇新，采来献给老母亲，母亲的头发白如银，配着花儿黄似金，花儿香喷喷，采来献给老母亲。母亲爱我们，我们也爱我母亲……"另一首是慢节奏的："母亲，我亲爱伟大的母亲，自我降生人世间以后，经过了母亲的抚养和教训，使我成长到如今，慈母之爱似海深……"当年的歌声，仿佛至今还回荡在耳边，使我们自幼懂得感念慈母的深恩。

孙老师经常教育我们要关心有困难的人。

汇文一小收寄宿生，记得有一个寄宿的小男生，每晚都想家，他喜欢唱歌，嗓音很好，曾对着月亮唱当时流行的《思乡曲》："念故乡，念故乡，故乡真可爱。天甚晴，风甚凉，乡愁阵阵来。故乡人今如何？常念念不忘。我愿意回故乡，再寻旧生活。众亲友聚一堂,同享从前乐。"孙老师当时住在学校提供的家属宿舍。与学校仅隔一条小马路,了解了这个同学的情况后,晚饭后就返回学校,将住宿的同学召集在一起讲故事,从此,把欢声笑语、幸福和快乐带给了想家的孩子们。后来这件事在同学中传开,我的内心曾受到深深的感动,孙老师用自己的行动教育我们,要永远把帮助有困难的人,帮助弱势的人铭记于心。

听孙老师讲故事,是那个时代孩子们的最爱。

孙老师的嗓音是得天独厚的,圆润、优美、和蔼、亲切,别人很难模仿。从20世纪30年代初开始,孙老师就受邀到当时的北平广播电台给北京的小朋友讲故事。到1951年,又进入了中央人民广播电台为全国小朋友讲故事。记得当年,放学回家的第一要务就是定时打开收音机听故事,绝对雷打不动。在我听故事的年代,孙老师的节目内容是不拘一格的,十分丰富,既有教人在逆境中顽强拼搏求生存的长篇连播《苦儿流浪记》;也有小故事,小笑话,教唱歌等。歌曲短小,易唱、易记、易学,有的是老师创作的,有的是利用旧曲填上新词,朗朗上口,广为传唱。如提倡爱护牙齿的歌:"糖呀豆呀很好吃,吃了容易坏牙齿，牙齿坏了快去治，不然身体不结实。早晚刷牙别怕费事。"至今，我们这些当年汇文一小的学生还都能唱出来几首。有时，孙敬修老师会组织学生们与他共同到电台做节目，使学生开眼界、长知识，锻炼胆量。老师的故事伴着我们成长，教我们勤奋向上、自强不息。教我们讲卫生、爱劳动、文明有礼。

孙老师多才多艺，琴棋书画堪称样样在行。

小学的课程，除去体育，听说什么课孙老师都教过。孙老师常鼓励学生们创造性的思维，他的课堂上总是气氛活跃。记得孙老师曾教我们用大写的英文字母画小人儿，如"F"，可在左上角画一个头，在横和竖的远端分别画手脚，就会出现一个运动的小人儿。汇文一小的校徽就是孙老师设计的。汇文一小的文娱活动非常丰富，除去节假日的大型演出活动，每个周末的周会上都有小型演出，节目由各班自选提供，内容也是不拘一格，有小歌剧、小演唱，也有个人演讲或说故事。这些活动主要都是由孙敬修老师组织和策划的。在孙老师担任我们班主任的时候，有一年全校组织大型庆新年活动，要到亚斯立教堂的大礼堂去汇演，孙老师编了一个小快板剧，题目是

"懒、慢、脏、乱",主要是教育同学们改掉生活中的不良习惯。选了四名学生,各演一个角色,我是表演者之一。没有演出服,各穿自己的衣服,记得一位女同学,外面穿了一件华美的深棕色小皮大衣,里面穿了花裙装。我穿一件家做的小棉袄,因罩衣已旧,哥哥姐姐为我出了主意,要我脱掉罩衣露出里面红色布料的棉袄,与别的同学的穿戴一比,自觉有些寒酸。孙老师对我们的穿着打扮毫不介意,始终微笑着呵护大家。就这样一个农村打扮的小姑娘登上了大雅之堂,愉快地参加了演出。每周末朝会,是规定各班演出小节目的日子。有一次,孙老师要我代表班里上台演讲,题目自选。大哥为我编写了"木兰从军"的演讲词,得到老师的认可。在大哥的指导下,我很快背熟,在家练习多遍,由于准备充分,演讲那天,大胆走上台,倒背着双手,用抑扬顿挫的语气开讲,自觉效果不错。后来孙老师又把我带到广播电台,利用他讲故事的时间,为我留出几分钟,又讲了一遍这个题目。这些往事已过去七十多年,人们都早已忘记,我也再未向孙老师和当年的同学们提起过,但是,这一切永远藏在我的记忆深处。是汇文一小的老师给了我自信和自尊,尤其是孙老师给了我无私的爱与信任,温暖了我的心,使我去掉自卑和怯懦。这种爱和信任在我一生中都起着作用。

对孙老师年轻时着装的记忆

在汇文一小读书时,对孙老师的着装印象深刻。孙老师很注意仪表,平时主要穿西装,但穿西装是不打领带的,就是现在说的休闲西服吧,深蓝色的上衣,内着大翻领白衬衫,雪白的衬衫领子翻到西装外面,整洁而潇洒,现在想来,那样洁白平展的衬衫,想必是由孙师母熨过的。孙敬修老师留给我们的印象,永远是精神振奋、笑容可掬、和蔼亲切。直到晚年,老师的神采依旧,着装依然是典雅、舒适，不失时尚。这一切都潜移默化地影响到学生，使我们从小爱好广泛，长大以后不论在顺境或逆境，都能忙中偷闲，找到自己喜爱的多种色彩。

孙敬修老师1990年3月5日走了。带着他的笑容，带着对事业的眷恋，带着对孩子们的爱，永远地走了。他说过，要叫孩子们爱，不要叫孩子们怕；他说过，对学生要和蔼可亲，要有笑容；他说过，对学生要讲信用，说到做到；他说过，对所有的学生，不分男女，不分美丑，不分大小，要平等对待，一视同仁。他说过的，他都一一做到了。在校友的回忆录里百分之九十以上都提到了孙敬修老师，足见他不是对某一个学生有什么特殊的关照和爱护，他对每一个孩子的爱都是发自内心的。

现在想来，我对孙敬修老师的怀念，是由于那份永远的被信任、被尊重和被爱。在孙敬修老师面前，我们从未感受过被歧视、被冷落，或不屑一顾。我只是一个关心教育事业的普通教员，孙敬修老师所教导的我远远未能做到，因为那需要高尚的师德和个人修养。我所能表达的，只能是对孙敬修老师深深的敬爱和怀念，并以此激励自己不断的自省和进步。

本文曾于 2010 年 9 月 5 日在《北京晚报》上发表

2017 年 6 月 13 日做了部分删改

丁香花盛开的季节

对童年的回忆好像都沐浴在金色的阳光里，明亮、温暖。虽然布衣粗食，依然天天充满欢乐和情趣。小学里，升一个年级就要按个子高矮排一次座位，这样，同桌常有变化，每换一次座位就会结交一位新的好朋友。

阎保丽是我高小时的同桌，她的父亲当时是汇文中学的军训司令，学生们都尊称他为"阎司令"。我们就读的汇文一小，距离汇文中学后门很近，"阎司令"家就住在汇文中学后门内的右手一侧，那是学校分配给老师的住房。那时同学好友之间，放学后相互到家中去玩是常有的事，由于下学路过，所以我到阎保丽家去的次数较多。她家的小院十分幽静，建筑格局乃中西合璧式的两进平房。前院草木繁茂，一株粗壮的紫丁香临门迎客，通过甬道走上高台阶即是正室，室内铺着木地板，安装着西式门窗，陈设十分简单整洁，从正室西侧门走出去是第二重院落，记得院中有一口水井，地上种着一畦一畦绿油油的蔬菜。保丽的一个哥哥因病常年在家休养，就住在西跨院的一个房间里。

早春的紫丁香花

阎保丽的父母对小孩子十分热情和喜爱，常常微笑着问长问短，"阎司令"患有眼疾，在家里也要戴着墨镜，保丽的妈妈是慕真女中的校医，待人和蔼可亲。春天，丁香花盛开的季节，保丽妈妈会让保丽采丁香花送我，那不是一枝花，而是许多枝凑成的一大把，保丽拿着花，会把我送出汇文中学后门。绕过后门，东西方向是一条宽阔的土路，路北侧是汇文中学的外墙，南侧就是现在的明城墙遗址（崇文门东段），土路上平时几乎没有什么行人，一个手捧着鲜花的小学生快步往家走，心中当然兴奋不已。当时，我家有一个粗口、大肚的白瓷瓶，上面压印着凹凸不平的花纹，全家人都喜欢那造型。将瓶中装上水，就把那一捧紫丁香花小心地插进去，屋里顿时散放着幽香。已过去六十多年的往事，恍如昨日一样情景清晰，那是一个少年对真、善、美的深刻记忆。

  修北京站时，汇文一小被拆除，汇文中学也拆除大部，不知"阎司令"宁静美丽的小院是否被保留，那棵紫丁香树还在吗？

2008 年 1 月 7 日于北京

一段古城墙的回忆

老北京城，内城有九门，九门间连以城墙，总长40多华里。内城各门建筑设计相同，仅大小和细部有所区别。它们最突出的特点是双重城楼。坐落在城墙上的称门楼，外楼称箭楼，门楼与箭楼之间以弧形瓮城相连。崇文门(清朝改称哈德门)乃九门之一，崇文门至城东南角楼之间约1.5公里的城墙段，正是现在"北京明城墙遗址公园"所在地。就是这短短的1.5公里城墙内外，留给了我魂牵梦萦的回忆。我家时住崇文门外，上小学时，每天都要进崇文门向右拐，沿着城墙根儿宽大的土路往东走，这时右手边是高大的城墙，左手边依次是慕贞女中、亚斯立教堂、汇文中学(旧址)的外墙，走到路的尽头，约两华里远，向左拐是汇文中学的后门；右侧，城墙脚下是一座万国公墓,公墓旁边是登上城墙的马道。我的小学就在从汇文中学后门往北再往东的盔甲厂胡同,校名汇文一小。

崇文门(哈德门)的城楼
录自《北京的城墙与城门》

一段古城墙的回忆 | 171

北京的城门城墙及护城河（图片来源同上）

汇文一小重视德、智、体、美的全面教育，是一所很优秀的学校。授课方式生动活泼，课业负担不重，下午放学很早。放学后，除去与同学在校园内或运动场嬉戏外，常结伴同行去爬城墙。爬城墙前大多要进万国公墓转转看看，公墓并无人看管，里面有很多大树和灌木丛，地面上竖立着大大小小的白色十字架，少年不识愁滋味，看到这些并未与死亡和恐惧相联系，只觉得环境幽静肃穆，不可大声喧哗。自公墓出来就可以看见通向城头的一个大坡道，因当年沿此道可乘马登城故称马道。由于城墙早已失去防卫作用，年久失修，人迹罕至，宽阔的城头上杂草丛生，一片荒凉，耐寒耐旱的酸枣棵子比比皆是。欢呼雀跃的孩子们的到来，给这古老的城垣顿时带来一片生机。爬上城头急不可耐的是先奔向墙垛，俯视下望，寻找自己熟悉的目标，一切竟魔术般变得渺小起来，护城河如带，火车像玩具，树木、行人、房屋亦真亦幻，由于年幼，又由于当时都住平房，这种居高临下的感觉真使人如醉如痴，至今想起还能重现昨日的兴奋。每逢秋季，野酸枣挂满枝头，采摘与收获又是一大乐事，小口袋里装得鼓鼓囊囊才满载而归。淘气的男学生有时会有惊人之举，由于城墙下宽上窄，每层城砖间留有1-2寸的错层，他们会手攀脚登一层一层爬上去，直爬到看似很高的位置再奋身跳下，类似今天的"攀岩"，女孩子们常被吓得目瞪口呆，手里捏着一把汗，直看到他们平安落地，才放下心来。城墙内垣近城门处，抗日战争时挖了一些防空洞，废弃后就成了流浪汉的庇护所。隆冬，洞口挂着破草帘，常从里面冒出青烟，证明有人生存，是取暖、是热一热讨来的剩饭，不得而知，但印象是极为深刻的。

　　厚重的木城门那时已不再关闭，进入高大的门洞，孩子们彼此呼唤着，为的是戏听瓮声瓮气的回音。巨大的门闩平躺在门洞的一侧，成为人们歇脚、纳凉的矮凳，酷暑季节骄阳似火，只要跨进门洞，阵阵凉风扑面而来，沁人心脾，立刻暑气全消。出了城门应是瓮城和箭楼，但箭楼早因坍塌而被拆除，瓮城也因修京奉铁路而被部分拆掉，以使铁道东西方向通过，所以出了城门前面就横着铁道，一旦火车将至，铁路工人就会用铁锤敲打一段悬挂着的铁轨，发出叮当叮当的响声。栏杆放下，车辆行人被截于南北两侧，此时儿童与大人心情不同，巴不得被拦住以看那黑色庞然大物风驰电掣般从眼前通过。"去看火车！"也成为附近居民哄孩子的好方法、好去处。出了残缺的瓮城再向南即是护城河石桥，桥下流淌着浑浊的河水，桥的北岸东侧原有镇海寺，寺前有一大铁龟，传说此处有一海眼，所以必须设此镇海之物，一旦铁龟入水，此地就会顿成一片汪洋。虽然镇海寺早已变成制售松花蛋的作坊，铁龟也头尾全无，只留下一直径 50-60 厘米的大铁坨，但孩子们对此笃信不疑，每每走过去看那铁龟有无变化，幻想着若有一天真的奇迹发生，铁龟下水，翻江倒海的大水将是怎样的情景?! 解放后护城河进行了彻底的疏浚，水量丰盈波光粼粼，传说不久自此乘船可直达天津，于是又幻想乘船远游的一路美景。后又传说梁思成先生提出设想：把宽阔的城墙顶部开辟为登高游憩的环城花园，荒草变花坛的遐想又浮想联翩。

　　北京解放那年我进入离家较远的中学，以自行车代步，来去匆匆，而且越走越远，从此再也没有了爬城墙的闲情逸致。后来，随着城市大发展的需要，崇文门门楼拆了、城墙大部分拆了、修北京站时汇文一小拆了、修地铁时护城河填了。这一切在那激情满怀的青年时代，竟全然无动于衷。直到1996年春，去西安出差登临西安城墙时，忽然唤醒了童年的回忆，引发出对北京已拆除城垣的绵绵思念之情。日记中曾写到："久闻西安城墙保存完好，高大壮观，不睹不快，及至登临城头，地面光洁无一根小草，城砖间以醒目的白线勾勒，墙垛上高悬着串串红灯，使人竟有'道具'之感。心中浮现的却是另一座更加雄浑、厚重、沧桑的古城。"据说梁思成先生曾预言：拆掉北京的城墙和城门，五十年后人们会后悔的。此预言在我身上应验了。我真的后悔了，后悔这么多年竟不知北京的城墙和城门乃全国之最；后悔从未围着九座城门走过一遭；后悔当年天天出出入入却没有仔细端详过那门楼；后悔为何连一张照片都没有留下，留下的只有追悔莫及。

值得庆幸的是，历史地理学家侯仁之教授，早年在英国伦敦旧书店里购得，瑞典，喜仁龙(Osvald Siren)教授1924年著述的《北京的城墙和城门》一书。1985年该书在我国翻译出版。在译文版序言中侯仁之教授写到："它为我们提供了在所有的有关资料中最为翔实的记录，有文，有图，有照片，还有作者个人在实际踏勘中的体会和感受。作为一个异邦学者，如此景仰中国的历史文物，仅这一点也是足以发人深省的。"

苏东坡《题西林壁》诗云："不识庐山真面目，只缘身在此山中。"人们对身边之物，对垂手可得的东西往往并不珍惜，这就是成语所说的"熟视无睹"吧。但这只是表象，根本原因则是缺乏比较、探究和无知。再有，旧中国民不聊生，温饱尚待解决，对于斑驳陆离、濒临坍塌的古建筑无暇顾及也就不足为奇了。又由于国力衰微，外敌频繁入侵，民族的自信与自尊屡遭重创，崇洋媚外在部分国人心中有不同程度的表现，往往被外国人看重的东西我们才跟进，这也是不争的事实。"国运盛则棋运盛！"这一道理应该不只适用于围棋。解放初,迁都北京,百废待兴,交通急剧发展,保存古都原貌另辟新城这一美好设想,可能与当时的经济实力也存在较大差距吧。今后随着我们国力的强大,保护文物已成为全民的共识,深信令人遗憾的事将再少发生。

2005年10月25日曾在《参考消息·北京参考》上发表

童年的游戏

小时候没有什么玩具，小孩子玩的游戏，以室外跑跑跳跳为主。一方面孩子多，都挤在屋子里，大人嫌烦；另一方面，院子里或胡同里活动范围大，不在大人的眼皮底下免受约束。虽然没有玩具，但是，游戏种类确实不少，对强身健体，发挥创造力，大有裨益。所需道具十分简单，一根绳子、一块瓦片儿、几根鸡毛、几个铜钱、几块旧布头儿、一把豆粒……足矣。用这些原料可以玩跳绳、跳房子、踢毽儿、抓子儿、砍包儿等。在此介绍的主要是女孩子的游戏，随着时代的变迁，科技的进步，孩子们之间流行的游戏已完全改变。现在的女孩子已很少有人玩这些，不妨在此分别加以介绍，以飨读者。

踢毽儿

将羽毛染成五颜六色的毽子,在很多小摊儿上都有出售,也很便宜,但是,那时的孩子,没有什么零花钱,所以,很少有人买,一般都是自己制作。叫"炮(音 páo)毽儿",制作方法很简单,当时家中养鸡是很普遍的事,存几根最漂亮的鸡毛,从放杂物的抽屉中翻找出几个带方孔的铜钱(也可以买到带孔的小圆铁片),剪一截家长给孩子补鞋用的薄皮子条,皮条中间剪一小洞,对准铜钱方孔,皮条两端从铜钱方孔中分别穿过,将选好的几根鸡毛用细线捆好,塞在铜钱孔中,将细皮条贴住鸡毛,用线扎牢,一个毽子就做好了。玩的花样很多,可以一个人踢,也可以找几个小朋友比赛着踢,可以用鞋帮内侧踢,或用鞋帮外侧踢。三四岁的孩子单腿站立不稳,就在毽子上拴一根线绳,手提着线绳的一端,一边踢,一边口中念念有词:"一个毽儿,踢两半儿,打花鼓儿,绕花线儿,里一踢,外一拐,八仙过海,九十九,一百。"十分有趣。

踢毽儿

跳绳儿

绳子,就是家中捆行李用的绳子,从未买过带握把的专用跳绳。几乎每个孩子都在家中选好一根合适的绳子,自己收起来,备用,随时都可以拿出来玩。跳法,有单人跳、双人跳、多人跳几种。单人跳,可以单脚跳、双脚跳、顺摇绳跳、反摇绳跳、将绳拧成麻花状跳;双人跳,又叫带人跳,一个人抡绳,两个人跳,可以共同起步,也可一人先抡起绳自跳,另一个人伺机钻进去共跳,或两人并肩而立,各执绳子一端,二人同抡同跳;多人跳,是群体活动,是小学时最爱的娱乐体育,由两人拉开一根长绳相对而立,各拉住长绳的一端,抡起来,其他同学排好队,依次跳入,由另一方向跑出,紧张着、等待着、说笑着,快乐无比。

跳绳儿

跳房子

在地上先画一个长方形大格子,再将大格,分成八个等大的小格。选一块薄瓦片(或小布包),投掷于起步的第一个格子里,单脚跳入第一格,将瓦片顺次踢入二、三格,顶部的第四、五格,有歇脚处,可双脚落地稍事休息,再将瓦片顺次经六、七、八格踢出,如果一切顺利,中途瓦片踢得准,没有压线,另一只悬着的脚没有违规落地,就算赢了一轮,可以占一间房子(小方格的半个格),到第二轮跳时,可以在所占房子中双脚落地休息。到房子被占满,谁占的房子多,谁就是胜利者。这种游戏，使儿童的智慧、体能、意志力、平衡力都能得到锻炼。有趣又有益。

抓（音 chuǎ）子儿

可取五个子儿（小圆石子、杏核、毛桃核，或缝制装有沙子或小米的小布包均可），我们当时多取清洗干净的毛桃核儿。一般是两三个孩子一起玩，有时也一人玩。玩法，是先将五个子儿撒在桌上，取其中一个抛向空中，此时赶紧抓起桌上另一个子，然后将抛起的一个子儿接住，依此法，再抓桌上的第二个子、第三个、第四个，都顺利抓起，没有碰另外的子，就算一盘胜利。还有，先将一子抛向空中一次抓起两个或三个或四个，再接抛向空中的一个子。总之玩法很多，通过游戏，可以训练孩子的机敏及手指的灵活性。

拍燕儿窝玩沙土

当时小学里都设置沙坑，供孩子们跳高、跳远用，现在已改用厚厚的海绵垫子代替，所以见不到沙坑了。沙坑在雨后变得潮湿松软，女孩子们最喜欢在此处玩"拍燕儿窝"的游戏。玩法是：一只手伸进沙土内，另一只手向上培土，口中不停地唱着："拍呀，拍呀，拍燕儿窝！……"直到燕窝拍到一定厚度，且侍弄得光滑漂亮，即停止伴唱。将伸进土内的手慢慢抽出，一个小土窝出现，再把窝边加以修整，就算完成一个"建筑物"。可在不远处再做一个窝，然后修一条路，将两个窝连起来，沿路插些细树枝，作为路灯。还可以揉几个小泥球，放在窝里，代表鸟卵。如果谁家施工，门外堆放了黄土或沙土，那一定是孩子们"拍燕儿窝"的一片热闹的天地。现在，大人害怕孩子玩土，怕细菌感染。其实，环境中的绝大多数细菌是非致病菌，真正对人体致病的细菌，在环境中存活的时间是很短暂的，玩后认真洗洗手就行了。

拍燕儿窝玩沙土

点蒿子灯

农历七月十五日是中元节（老北京人叫"鬼节"），我家没买过什么现成的灯，而是自己制作蒿子灯。大哥、二哥到龙潭湖边，挖回一棵巨大的野蒿子，用土埋在大花盆里。由于父母信佛，经常烧香，所以留下很多香头儿。写大字用过的毛边纸，又薄又有韧性，将其裁成小纸条，把两根香头儿的一端，一对一对粘起来，挂在蒿子枝桠处，需几十对，甚至上百对，等到天黑下来，逐一点燃，满树星星点点，闪闪发光，煞是神秘诱人。记得一次在黑暗的屋子里，姐姐将两个点燃的小香头儿，放在眼睛部位，学鬼叫，我被吓得大叫不止，她立即开了灯，哈哈大笑着哄我。

往事如烟，现在想来，当时孩子们的种种游戏，竟是那样健康、快乐，无须巨额消费，无须家长劳心费力、寸步不离的陪伴。孩子们与天地自然有那么多接触的机会，是不是比现在坐在屋子里玩手机、看电视的孩子们更活动量大，更合群，更接地气，更幸福？

2017 年 3 月 10 日

于北京

胡同里的叫卖

北京的胡同就像迷宫,曲里拐弯儿,很窄很深。胡同与胡同之间纵横交会、首尾相连,生人进去很可能被绕糊涂。在旧社会,胡同里的老住户一住就是十几年或几十年。由于交通不发达,孩子们很少出远门。胡同里除去有数的几辆自行车外,没有什么机动车通过,所以父母并不担心孩子们的交通安全,他们从小就在这里摸爬滚打、嬉戏奔跑,对地理环境了如指掌。

一条胡同大多只有一个小的油盐店或一个卖火柴杂物的小摊儿,没有大商号,家长买些贵重的生活用品要到大街上去。那时妇女一般不工作,在家料理家务照顾孩子。学龄前儿童主要的活动天地就在自家的小院或胡同里,但是儿童们并不寂寞。白天临街的大门一般是不关的(大宅门除外),孩子们可以自由跑出跑进,挎篮、挑担、推车的小贩们会给他们带来一个多彩的小世界。各色人等的叫卖声虽然没有侯宝林在相声《改行》中学得那么抑扬顿挫,却也十分动听诱人。小贩们走街串巷,你来我往,并不密集,但各具特色,极少重复。

一声叫卖"卖大——小——小金鱼儿哎!"告诉人们冰河已开化,春天来了!小贩肩挑两个分格的木盆,盆内清水里漫游着艳丽的各色小金鱼和刚刚孵化出的小蝌蚪(老北京人叫蛤蟆骨朵儿)。挑子一撂地,孩子们马上围过来,蹲在地上目不转睛地观赏,或者飞奔回家把妈妈请出来,要求买几条小金鱼或几个小蝌蚪,小蝌蚪买回以后,家长常把几个倒在小碗里,令孩子们生吞下去,说是败火。一声"送冰的来啦"!说明盛夏已至。在还没有电冰箱之前,有一种土冰箱,分上下两层,上层设一放冰的槽,下层放置需冷藏的食物,或者就直接买一块天然冰放在盆里冰西瓜。那时专门有这种行当,冬天从冻实的河面上开出巨大冰块,然后将其贮藏在特备的冰窖里,留到夏天凿成小块出售给小贩,小贩把冰块码放在板车上,表面苫上麻袋以防融化,把车拉到胡同里,哪家需要临时买一块，负责搬运到家。此时孩子们追着冰车走，常有一些小块的冰凌掉在车上。捡到一块如获至宝，握冰的两只小手来回倒腾，口中唏嘘不止，好玩又凉快。一声"半空儿多给"！提示着秋凉了，落花生收获了。籽粒饱满的大花生被挑拣出去，剩下"半空儿"经过炒制后卖给儿童。"萝——卜赛梨！""辣——菜！"这是冬令晚饭时的叫卖声，前者是指脆甜多汁的心儿里美萝卜，出售前洗净，当着顾客的面选好，托在手上颠两颠，透着帅气，然后将顶端的皮用快刀削去，露出鲜艳诱人的粉红色萝卜心，再横着几刀竖着几刀一切到底，这时的萝卜像一朵盛开的鲜花，取食也很方便。后者是将芥菜疙瘩切成薄片，下萝卜切成丝用开水焯过后装坛，灌上热米汤（或原汤），密封起来，数日后打开便成。买回家一小碗滴几滴香油，母亲让小孩子也要喝一口，说是"去火"，冰凉的一口汤汁咽下，真能把眼泪辣出来，绝非辣椒之辣而如芥末之辣，使七窍顿开。"羊——头肉！"这是冬季父亲们下酒的好菜，煮得烂熟的羊头肉，片成薄薄的片儿，撒上花椒盐，当然家长也一定要夹一片放在孩子嘴里，鲜香软嫩，回味无穷。

除去时令性的叫卖以外，受孩子们欢迎的小吃还有很多。卖云豆饼儿的小贩常在午后出现，肩上挎一个木槽，内装焖煮得酥软的大花云豆，上盖一块白布棉垫，哪个孩子要买，立即掀开棉垫，里面的豆还冒着热气，舀一小碗放在一块屉布上，撒点椒盐，将屉布四角提起握紧后双手一按，打开屉布里面就是一个云豆饼儿，小孩子午睡后正是一份极好的午点。卖烂蚕豆的与此相似，只是将泡得出芽的蚕豆煮得酥烂，不用放盐，也不用压成饼，买一小碗烂蚕豆可以连皮吃，很富营养。此外还有的卖煎灌肠、棉丝糖、煮老菱角、饴糖稀吹制的糖人儿、"甜酸儿——豆汁儿哎！"等等不一而足。这些食品依现在的观点均属纯天然绿色食品，价钱便宜，可以随意按份儿买，不会造成浪费。

给胡同里孩子们带来欢乐的来访者还有一些艺人，如捏面人儿的，这是大家熟悉的，其他耍把戏的，道具都很简单，但甚为有趣。布袋戏的道具上层是一个没有底儿的木制小舞台，下面围一圈蓝布即是布袋，所以上下是相通的。架起来有一人多宽一人多高，艺人平时将其扛在肩上，待要演出时将身子钻进布袋，两只手套上两个木偶伸出舞台，用手指支配木偶的动作，唱念坐打，十分热闹，一切声音效果全发自布袋里艺人之口，孩子们围在四周驻足观看，颇感神奇。还有耍猴儿的，耍小耗子的，最有创意的要数卖屎壳郎拉车的。屎壳郎即蜣螂，一种黑色大昆虫，胸部和六条脚上都生有长毛，以动物的尸体或粪便为食，力气很大，常以土裹粪，可将其滚成一个大大的球，按现在的观点属环保型昆虫。小贩们用一双巧手将秫秸秆插成两轮小车，车上遍插小纸彩旗，由屎壳郎驾车，有如铁将军开道，真是八面威风。

捏面人

当然胡同里的常客并不都是为了哄孩子，很多是为了家庭主妇的生活所需，例如：锔盆儿锔碗儿的、焊洋铁壶的、修理雨伞旱伞的、打鼓儿的(收破烂的)、摇煤球儿的、倒脏土的(收垃圾的)、卖水的等等。这些行当虽然不属于游戏,但也使儿童们开阔了眼界,熟悉了许多劳动技能,对大千世界的百态人生有了初步的认识。

布袋戏

旧社会的小贩们经营的项目虽丰富多彩,但本小利微,收入无定,其生活十分清苦,勉强糊口而已。新中国成立以后,他们陆续走上了工作岗位,胡同里的小贩们也就逐渐销声匿迹了。如今回忆起来仍觉十分亲切,感谢他们给胡同里的儿童带来了多彩生活。

对比住在高楼上和住在胡同里的孩子们的生活,即使用现在的观点仍然觉得后者更幸福些,一方面行动自由生活丰富多彩；另一方面小朋友之间交流方便，套用李白的一句诗："醒时同交欢，晚来各分散。"只要母亲喊一声："吃晚饭了！"立即各回各家，街门紧闭。孩子们生活在自己的天地里，有分有合，无须母亲形影不离陪伴左右。这样"放养"的孩子比较合群，身体也比较皮实。

现在北京的胡同已被拆除了不少，内心对其有着无限眷恋之情。对于那些规划设计安居工程的人们，是否可从"北京胡同"这种独特的居住环境中受到什么启迪？老北京人期盼着。

2005 年 7 月 15 日发表于《参考消息·北京参考》

缠足、扎耳孔、穿绣花鞋

我出生时已是民国时期,早已废除了缠足。在我四五岁时,看到母亲又白又长的裹脚布,出于嬉戏,曾让母亲试着为我裹脚。其过程大概是这样的,用一长条结实的细纺白布,市制,宽约三寸,长约三四尺,在这方面所选用布料和布料长度是不能吝惜的,否则直接影响缠足效果。所谓缠足,就是只留拇趾,其余四个脚趾,在外力按压下,使之全部卧倒,然后将长长的裹脚布用力缠绕起来,一双五趾分开的天足被裹成三角状,然后要忍住疼痛,下地走路,日复一日地走下去,一双幼嫩的脚趾就硬生生地制造出八个足趾的骨骼畸形。我是出于游戏,脚裹好后,下地一瘸一拐走了一圈,感到疼痛难忍,嚷着让母亲立即放开,引得在一旁观看的母亲和姐姐一阵哄笑。

旧时女孩子从小接受的是这样的教育：如果脚裹不好，会无男人迎娶，就嫁不出去。"嫁出去"是女孩子的终极使命，嫁不出去则是终生羞耻。要想得到纤小的脚，女孩子长到四五岁就要开始受刑。女人的脚从幼小时裹上直到终老不能在人前打开展示，洗脚一定要背着人进行。晚上睡觉也不能放开，要带着裹脚布套着袜子睡。脚被裹上之后，只能用脚后跟一扭一扭地走路，否则会因找不好平衡而跌倒。我的母亲晚年，由于患了半身不遂，行动不便，我们打了水为她洗脚、泡脚，才看到她弯曲变形的脚趾和足后跟上磨出的厚厚的一层老茧。一个残忍的社会习俗竟然在中国流传的时间如此之久，范围如此之广，怎能不让人扼腕叹惜悲从中来。

缠足一词，《辞海》上是这样解释的："旧时习俗，女子用布帛紧扎双足，使足骨变形，脚形尖小，以为美观。相传南唐李后主令宫嫔以帛绕脚，令纤小做新月状，于是人皆效之。一说始于南齐东昏侯时。清康熙三年（1664年），有诏禁裹足，七年又罢此禁。太平天国曾禁止缠足，辛亥革命以后，缠足之风始逐渐废绝。"在此，并不是想考证缠足的创始年代和创始人。就从李后主算起至辛亥革命也有近千年。在这漫长的封建社会里，妇女的地位自不待言，仅说她们的一双脚，曾受过多么残酷的折磨。其时对女子小脚的形容是："三寸金莲，不盈一握。"是说，将女子的小脚放在男人的手掌中，握起来还填不满一只手。对女子步态的形容是："纤纤作细步，精妙世无双。"她们不准快走，也不可能快走。这一切都是为了让男人欣赏。李后主虽然留下一些有名的诗句，但是，如果妇女缠足自他而始，那他确实是个大大的昏君。

另一习俗是，女孩子到四五岁就要扎耳孔，由于我的父母来自农村，虽在京城落户多年，仍保留了不少农村习俗。所以，被母亲穿耳孔，我是亲身经历过的。用粗大的缝衣针穿上线，母亲先将我的耳垂用拇指和食指捏紧，揉麻木，将针在火焰上烧一烧，稍凉后，带着线一齐穿过耳垂中间点，然后将线打扣成环，再将针线剪断。为避免结痂长死，每天需反复拉动线圈，日久则形成固定的耳孔，即可佩戴耳环。家境不同，耳环质地相差悬殊，最差的是线圈，或将铁圈、铜圈镀金或包银，不过，在出嫁时，娘家一般是要陪送一副纯金耳环的。

女孩子还要穿绣花鞋,不绣花的鞋是"瞎鞋",让人耻笑。为了结实耐穿,较小的孩子,一般在家常穿的是"割绒鞋",所谓割绒,就是将做好的两个鞋面相对,在包头上用各色粗绒线纳出花样,然后用小刀,将两片鞋面割开,这样包头上就会出现一层短绒线花纹,以防鞋头被小孩子过快踢破,我小时候穿过不少双割绒鞋。当然,这是指农村人,城里人早已文明开放,认为那是怯、是俗、是不合时宜。

我上小学三年级的时候,考入教会学校读书。入校那天,母亲将我打扮一番,穿了一双新做的绣花鞋,进入三年级所在的小跨院,引起正在院中玩耍,洋装打扮的同学们围观取笑。他们围住我又蹦又跳,边拍掌边叫:"小脚娘!小脚娘!""快看!还戴了耳环!"还记得,当时我戴的是一副包金的小耳圈。穿的鞋,是草绿色面料,上面绣了一条四叶尾鳍、水泡眼的红金鱼,用白丝线勾勒出一片一片的鳞片,鱼嘴前衔着一束散开的苎草,绣工精致,活灵活现,是大嫂精心帮我绣制的。本来认为很美的东西,一经同学讪笑,觉得很害羞,想把这一切赶快遮掩起来,立即将耳环从耳朵上拽下来,回家后将新鞋脱掉,从此再也不肯上学时穿戴。后来，因为我学习比较好，期末考试成绩总保持在前三名，在同学中才渐渐树立起威信。在洋学堂里，我也慢慢懂得了什么是"土"，什么是"洋"。

四片尾鳍的金鱼

2016 年 9 月 19 日北京

细说豆汁儿

"不爱喝豆汁儿就算不上北京人!"叙写北京民俗的作者常爱引用此说法。记述豆汁儿的制作工艺过程,何时作为小吃风靡京城,何时被引进皇宫成为"御膳",北京人与外地人对豆汁儿色、香、味品评的巨大反差等,常为京味儿文人所乐道。作者自幼生长在北京,属豆汁儿爱好者一族,且从事微生物教学工作多年,退休后,对豆汁儿的本质曾做过短时间的研究和探讨,后因经验、精力和经费不足等原因而中断。今就以"细说豆汁儿"为题,将有关豆汁儿的趣闻轶事及个人的一些体会和设想加以详述,以与豆汁儿爱好者共享。

豆汁儿趣话

北京的豆汁儿,后面必须加"儿"化音,否则就不是北京的豆汁儿,而是豆子磨成浆的总称。豆汁儿创始在清乾隆十八年(1753年)前后,这在爱新觉罗·恒兰一篇《豆汁与御膳房》中有较为明确的记述,恒兰先生于民国十六年(1927年)陪同其父毓盈到故宫文史馆看望一位朋友,在南三所大库里看到了乾隆十八年十月发交内务府的一道谕帖,其内容是:"近日京城新兴豆汁一物,已派伊立布(乾隆朝之大臣)检查,是否清洁可饮,如无不洁之物,着蕴布(当时内务府大臣)招募制造豆汁匠人二三名,派在膳房当差,所有应用器具,准照野意膳房成例办理,并赏给拜唐二缺以专责成。"这道谕帖应该是比较有权威性的参考资料,说明京城豆汁儿是从乾隆年间问世的。至于民间何时何人首创,已无从考察,就从1753年算起也已有二百六十多年的历史。

文人中对于豆汁儿的品评,褒贬不一。褒者,以梁实秋在《雅舍谈吃》"豆汁儿"一节中叙述最为生动:"喝豆汁儿以北京城里人为限,而且这与阶级无关。口有同嗜,不分贫富老少男女。

豆汁儿之妙,一在酸,酸中带馊腐的怪味。二在烫,只能吸溜吸溜地喝,不能大口猛灌。三在咸菜的辣,辣得舌尖发麻。越辣越喝,越喝越烫,最后是满头大汗。"梁先生形容小时候夏天喝豆汁儿,先脱光脊梁,然后才喝,等到汗落再穿上衣服。还写道:自从离开北平,想念豆汁儿不能自已……来到台湾,有朋友说有一家饭馆卖豆汁儿,乃偕往一尝。乌糟糟两碗端上来,倒是有一股酸馊之味触鼻,可是稠糊糊的像麦片粥,到嘴里很难下咽。足见梁先生对豆汁儿的思念真情。对于在北京长大的台湾女作家林海音女士,阔别北京多年回来后喝豆汁儿的情景,邓友梅先生也有过生动的描述:"吃其他小吃时挺谦虚、挺稳重,豆汁儿一上来她老人家显出真性情来了,一口气喝了六碗她还想要,并说:'这才算回到北京了!'"。抗战时期,梅兰芳先生隐居上海,弟子言慧珠去上海演出,用四斤装大玻璃瓶灌满豆汁儿,乘飞机带去以飨恩师,梅夫人对送豆汁儿者,必以国际饭店美餐一顿谢之。京城文化名人对豆汁儿的爱好真是不胜枚举。

贬损者,以韩少华先生的一篇《喝豆汁》最为全面和到位,文中写道:先说色,一瓢在手,满目生"灰",没点儿缘分是谈不上什么悦目勾涎的,在视觉上先就掉了价儿;次说香,当年某胡同里的一家豆汁儿铺,被呼之为"馊半街",没点儿根基的熏也熏跑了;再说味,既以"馊"为先导,那味可就不只寻常的"酸"了。这豆汁儿的酸是继馊之后完成着"泔水"的感官效应。因此韩先生叹曰:难怪除了土生土长的北京人,能有这等口福的,少见。文中更认为:说起京里人嗜好豆汁儿,也没多少奥秘可言,所谓"嗜好"或许正是"饿怕了"之故。金松(京剧《豆汁记》中的乞丐头儿)虽被尊为"头儿",可毕竟首先是"丐"。京城也有富贵人家喜好豆汁儿的,那为的是"去去大肠油"。至于穷旗人所谓"偏好"云云,似乎也不大说得上,倒让人疑为婉饰之词。韩先生如此断言实实是委屈了北京人,爱就是爱,想喝时就是想到不能自已,这是无须婉饰的,不过羊羔虽美众口难调,这也勉强不得,随人去说吧!应该汲取的倒是韩先生在色、香、味上对豆汁儿指出的不足之处,从而激励从业者必须不断研究改进,使之更趋于完美。

豆汁儿的本质

对于豆汁儿的制作过程多数作者认为乃生产绿豆粉丝、淀粉的下脚料,或称为"豆泔水",凡开粉坊处皆有之,只不过别的地方多用其养猪催肥,独有老北京人精明,稍加烹制,竟成了昔日京城老幼妇孺皆能喝之上瘾的美味小吃。这种说法其实并不很全面,不错,开始阶段豆汁儿曾是粉坊的下脚料,但是当豆汁儿风靡京城以后,光靠下脚料已不能满足需求。于是专门生产豆汁儿、麻豆腐的作坊应运而生,目前北京小吃,豆汁儿专卖店在旧城区也仍保留不少。大多是前店后厂,自给自足。

豆汁儿的制作工艺确实并不复杂,先将绿豆浸泡→按比例加水磨浆→过滤除渣→滤过液经一定时间天然发酵变酸即成。这里的关键,一是浆液的浓度;二是发酵的时间,浓度稀了,不容易发酵。发酵时间短了酸度不够,时间长了又会酸腐或酸败,恰到好处才能酸甜适口。生产环境的卫生状况也很重要,因为豆汁儿发酵主要靠多种乳酸菌,如果环境很脏,污染的杂菌就会很多,发酵后产品的腐臭味会很浓。反之,如果在浆水被灭菌的条件下接种纯种乳酸菌，完全避免杂菌的污染，又会缺少传统风味。所以说能生产出口味上乘的豆汁儿并非易事，需要经验的积累。买到生豆汁儿如何熬制也有学问，一上来就用大火煮得滚开是注定要失败的，需要慢慢"勾兑"才能熬出浓度合适，水和沉淀物不分层，酸甜可口的成品，这就是豆汁儿专卖店的手艺，否则人们也就不会跑很远的路到名店去专门享用这口儿了。

有的作者将北京人爱喝豆汁儿与上海人爱吃炸臭豆腐或洋人爱吃干酪(cheese)相比，其内心还是觉得爱喝这种灰头土脸的东西有点品位不高，需要拉几个垫背的以抬高豆汁儿的身价。其实豆汁儿从食品分类上属于乳酸发酵饮料或发酵型植物蛋白饮料，也可称为发酵型植物奶或简称为酸豆奶。发酵型植物蛋白饮料是指以植物籽仁为原料，经乳酸菌发酵而制成的饮品。由于乳酸菌与人类保健之间的关系已经明确，因此国内外对乳酸菌发酵食品的研究也成方兴未艾之势，除人们熟悉的发酵乳（酸奶）外，对豆类、谷类、稻类等发酵制品的研制均不断有报道。

绿豆起源于亚洲热带地区，在我国已有2000多年的栽培历史，目前种植面积和产量居世界前列。我国百姓对绿豆情有独钟，食用、药用兼备，这不能不感谢贾思勰和李时珍两位老先生，北魏时期贾思勰在《齐民要术》（约成书于533年—544年）中已记录了绿豆的种植经验，李时珍则在《本草纲目》（成书于1578年）中对绿豆的药用价值作了明确的介绍，绿豆可以清热解毒的概念深入人心。单从食用看，绿豆汤，全国各地均作为最佳绿色防暑饮料，其他如制备优质粉丝、淀粉，制作绿豆糕、绿豆沙、酿酒等不一而足，而最具独特魅力的应数豆汁儿。因为：1.国内外生产的豆乳或酸豆乳均为甜品而豆汁儿无任何添加剂系纯天然味道。2.每百克绿豆中含蛋白质23克、碳水化合物53克、脂肪1克；对比大豆每百克中，蛋白质含量为40克、碳水化合物为26克、脂肪为20克，比较可知，绿豆中脂肪含量甚微，无怪乎豆汁儿喝下去神清气爽，全身痛快，喝个三四碗绝无黏腻之感。3.绿豆中含有多种矿物质、维生素和氨基酸，其中锌、锰、铁、铜、镍、钼、硒、碘等是目前公认的人体必需微量元素，故其营养成分丰富多彩。4.乳酸菌对食品的发酵有些"预消化"作用，提高了食品的营养价值，改善了消化吸收性能。研究证实绿豆汁经发酵后各种氨基酸的含量有明显提高。

豆汁儿的前程

豆汁儿确实是一种独具特色的京味小吃，可是为什么人们总是认为它土头土脑难登大雅？恐怕要从"与时俱进"这条思路上来分析。首先从豆汁儿的制作工艺说起，由于目前沿用的仍是天然发酵，所以味道、成色、稀稠不易保持稳定，需用现代化的生产方式来保证产品的质量控制；参与发酵的菌种混杂，有时造成产品的腐臭味较浓，发酵菌菌种若能加以科学的筛选，才能解决这一问题；豆汁儿色泽灰暗可能与绿豆皮中含有大量单宁类物质有关，消除褐变有望分析解决；产品的沉淀及分层现象经常出现，其原因取决于内容物颗粒的大小和溶液的黏稠度，原料的精加工和稳定剂的添加是解决的关键，因此豆汁儿在生产方面的研究确有文章可做。

再谈豆汁儿店的待客环境，多数京味小吃店，店堂装修和设备比较简单，粉白墙，水泥地面，几张方桌，几把铁腿椅子或方凳。柜台上摆着各种小吃样品，炉子上架着装豆汁儿的不锈钢锅或搪瓷桶。餐具是粗瓷蓝边碗及同样质地的盘碟，一把插在废罐头筒里的筷子，咸菜多为放在铝盆里的北京辣丝儿，售货员随手夹一箸到小碟子里再由顾客自取，装咸菜的盆可能天天循环使用。小吃一般是凉的，先进一些的加了微波炉帮助烘烤，但与现做现卖比较味道自然有所逊色。外卖豆汁儿的容器除顾客自带外，店里提供的有耐热塑料袋或小塑料桶，小吃外卖一律用塑料袋包装。这样的就餐环境和条件是否较难吸引新生代的年轻人和儿童。

简述以上情况使人不禁产生两方面联想：一方面是解放前的豆汁儿摊，刷出白木茬儿的长条案一尘不染，上摆两个蓝花高脚大瓷盘，一盘装辣椒粉拌过的水芥丝，一盘装不辣的，一红一白堆成塔形，其间佐以翠绿的芹菜丝，诱人食欲，刀工之细之均匀叹为观止，另备酱咸菜和辣椒油，提盒内装有吊炉烧饼、蝴蝶形小烤卷、焦圈儿等供不同顾客之需，熬豆汁用的是大砂锅（避免了金属容器与酸性食品可能发生的化学反应），盛豆汁则用半个椰壳做成的瓢，镶有长长的竹把，竹把的另一端拴几个大铜钱，将拴绳搭在锅沿上以防勺子滑落。摊位上方挂有蓝布帏子，上面用白布扎着"×记豆汁"字样，摊主着洁净的白布套袖和围裙，干净利落，对客人笑容可掬，长条凳摆放案前，见有人入座不分贫富童叟总要问一句："您来啦！"使人倍感亲切，至今难以忘怀。价格极其低廉，经营者仅为勉强维持生计而已。另方面想到的当然是现如今遍布京城的洋快餐店，店堂的装修、食品的质量控制及供应之快捷有目共睹，无须赘述。要提的是洋快餐店对青年和儿童的特殊吸引力，首先就餐环境优雅，卫生无可挑剔。餐桌可一人独享、二人对坐、多人聚餐，有大有小以人为本。食品新鲜度可信，荤素、甜咸、干稀配套，一律用一次性纸质包装且色彩艳丽，该热的热，该凉的凉，每人一份、不必你推我让高声喧哗。价格中等，几十元一人份，既待了客又无过重负担。洗手间必备且卫生决不含糊。餐前、餐后一人静坐小憩、情侣或好友谈谈心，悉听尊便，无人打扰，营造了一个比较宽松的环境，既不失面子又联络了感情，求新求异的青年人何乐而不往。

　　回忆或比较的目的既不是怀旧，更不是为洋快餐店做宣传，知己知彼才能百战不殆，如果我们的豆汁儿店能博采众长，借他山之石改进产品、稳定质量、提高经营档次，青少年为什么不能结伴同行，来享受我们中国北京独具一格的美味绿色小吃呢？期待着，将来有那么一天，豆汁儿爱好者们，发起成立一个"豆汁儿俱乐部"，对豆汁儿加以研讨使之提升品质，那该有多好。

备注：（本文曾参考北京农业大学 张远征1993年硕士论文《绿豆乳酸发酵饮料的研究》）

（本文第一部分曾于2005年3月在《北京参考》上发表）

2005年3月于北京
2017年2月删减修改

附录
生命中遇到的几位贵人

我的一生是幸运的,几乎在每一个看似过不去的坎,都能有人相助。这样的人很多,由于年代久远,有的只是短暂相处,只记住一个姓,并不知名,对其身世更不了解。对于这些人只能感念默记于心,恕不能详述了。

我所要记述的,就以认识的先后为序,有:孙敬修老师、李沛涛教授、刘育京教授、蔡宏道教授、刘秉阳教授等五位前辈。

孙敬修老师

孙老师在我幼小的心田中种下了自爱、爱

孙敬修老师晚年照

人、自信、自强的种子,潜移默化地给予我美育、德育等方面的教育。使我不论在顺境或逆境,都没有忘记寻找和欣赏多彩的世界以及事物中潜藏的美。遵从孙老师的教导,学习孙老师的治学精神,使我自幼知读书上进,至老仍好学不倦。孙老师也经历了"文革"时期,他也曾困惑过、绝望过。传说中,他将自己用了六十多年的名字"孙敬修"更改为"孙灭修";曾跳过龙潭湖自寻短见;也曾不知所措地彷徨于原来爱他、亲近他,现在畏惧他、远离他的孩子们面前;他九岁受洗礼加入基督教,七十九岁又加入了中国共产党。"文革"后,在北京市政府和中央领导的关怀下,孙老师搬进了宽敞、温暖、明亮的新居,儿子也调回了北京,爱听故事的孩子们又回到了他的身边,孙老师度过了一个快乐幸福的晚年。

李沛涛教授

认识李老师时,我已是四十多岁的中年人。从讲授《医学微生物学》改为讲授《卫生微生物学》,专业上算是不小的变动。由于是新建一门学科,卫生部责成几所大学合编教

李沛涛教授

材,五所院校派出了五位教师,其他四位都是高年资深教授,在偏重学习前苏联的预防医学期间,对《卫生细菌学》也都有过接触和了解,只有我没有编写过统编教材,只在读书时学过一门《卫生学》,早忘得一干二净,对卫生专业更是缺乏了解。硬着头皮领回了被分配的编写任务。在初次开编委会时,结识了湖南医科大学(现改回"湘雅医学院")的李沛涛教授,可谓一见如故。她年长我十多岁,熟悉之后,她就对人介绍说,我是她的妹妹。在集体审稿时,她对我编写的章节给予了充分的肯定和鼓励。从此我们鱼雁传书,成

了无所不谈的挚友。初调到一个新环境，接手新专业，一时不知如何应对，十分苦闷。有些想不明白的问题，多次求教于她，她有信必复，有问必答，设身处地帮我出主意想办法，或给予真诚的解劝。那种坦诚直白，言必针对实质性问题，绝无敷衍塞责，让人如沐春风，温暖于心。在李老师和其他同行的热心帮助下，使我终于越过了这道坎，逐渐走出了困境。遗憾的是，李老师，由于"文革"中曾下放到偏僻的农村劳动改造达六年之久，年老多病，八十岁即患上阿尔茨海默病（老年痴呆病），八十四岁病逝。自此永远失去了一位知心姐姐。

刘育京教授

刘育京教授是我国消毒学奠基人之一，著名的消毒学专家，军事医学科学院研究员，创办了《中国消毒学杂志》，是组建中国预防医学会消毒学分会的倡导者之一，为消毒学在我国的发展做了突出贡献。

《卫生微生物学》中包括"消毒与灭菌"的章节，要讲好这一章，对于很多授课者来说都比较生疏。工作在北京的得天独厚之处就在于，只要肯虚心求教，各方面人才济济。我就冒昧闯进军事医学科学院，找到了刘育京教授，刘教授着军装，身材魁伟，面目和善，语言真诚亲切，神态潇洒

刘育京教授

儒雅。他在百忙中接受了我们的邀请，为我们办的全国《卫生微生物学》讲习班讲授消毒学总论。他讲课声音洪亮，言简意赅，内容全面丰富，条理十分清晰，讲课所用幻灯、投影齐全，学员给予极高的评价。在我们后来编写《预防医学微生物学及检验技术》参考书时，刘教授又欣然接受帮助编写了全部有关章节。不幸的是，刘教授因病早逝，享年75岁。与刘育京教授结识多年，总感觉他身上有一种特殊的气质，后来得知，音乐家刘天华先生是刘教授的父亲，刘半农先生则是他的伯父，刘教授生活在书香音乐之家，自然受到音乐和文学的滋养，所以气度不凡。他家中备

有钢琴，偶有得闲，常即兴弹奏一曲自娱自乐。

蔡宏道教授

蔡宏道教授是我国著名的公共卫生与预防医学家、临床检验学家、医学教育家，同济医学院教授。是我国公共卫生与预防医学的创始人之一。撰写了我国第一部《实用临床检验学》和《卫生学与卫生检验技术》。1978年在同济医学院创建了我国第一个环境医学专业。蔡教授是三峡工程审查委员会委员、顾问；以专家身份参与了《长江三峡工程对生态与环境的影响及其对策研究》这

蔡宏道教授

一重大科研课题，撰写了《三峡工程对库区湖北省境内自然疫源性疾病的影响》一文，提出了三峡工程对人健康的影响与施工区和移民安置区的卫生问题，为工程上马提供了相关的科学依据。为此荣获中国科学院1989年科技进步一等奖。拜访这位大科学家是在一次预防医学专业会议中间的休息期间，我冒昧叩开了蔡教授住宿的房门，自报家门说明来意以后，蔡教授立即给予热情接待。对于医学专业的教师要涉猎环境医学及水中微生物生态学这一全新领域，我只能从头学起，但确实是趣味无穷，等于在我们面前开辟出一片新天地。在与蔡教授建立了联系之后，我书信求教不断，蔡教授则有问必答，有信必复，字迹工整，解疑释惑详实有据，从蔡教授身上，学其品德和学问，实在受益匪浅。蔡教授学识渊博、治学严谨、诲人不倦，能结识这样一位德高望重的老师确实三生有幸。蔡教授于2003年病逝，享年86岁。

刘秉阳教授

刘秉阳教授1935年毕业于湖南湘雅医学院并

刘秉阳教授

获得美国耶鲁大学医学博士学位,曾在美国哈佛大学医学院学习和工作多年。抗日战争期间回归祖国,回母校任教。是我国著名的医学微生物学家和医学教育家。1955年由于工作需要,奉调至北京流行病学研究所,参与筹建专业科室及指导多项科研工作,成绩卓著。我求教于刘秉阳教授时,他已是八十多岁高龄。刘教授身材瘦小,眼睛明亮有神,说话轻声慢语,思路十分清晰,神态自若,和蔼可亲。

在从事《卫生微生物学》教学科研工作十余年之后,我与成立这门课的各高校教师、卫生防疫部门的同人们慢慢熟悉起来,对这门课程也有了一定的了解。我自忖,既教授过《医学微生物学》,又钻研过《卫生微生物学》,对《环境微生物学》也有所涉猎的教师并不多。综合这几方面专业知识的参考书阙如。因此萌生了一些想法,想联系国内卫生防疫方面的专家、教授,合编一本《预防医学微生物学及检验技术》,既有系统理论知识又有实验技术,全面实用的参考书,想请刘秉阳教授做编写本书的顾问。此设想经与刘教授商讨,他给予极其热情的支持,表示这正是实现了他多年的夙愿,自此,就与刘教授开始了密切的联系。从编写大纲的制定;到各方面编写专家的聘请(本书共有83位专家学者参与编写);主要稿件的审阅把关,以至于最后确定书名,写序言,无不倾注了刘教授的心血和辛劳。最后得到人民卫生出版社的全力支持,使该书得以顺利出版发行。

  不幸的是,就在该书正式出版前的两个月,刘教授因病辞世,享年91岁。我们在书的扉页上加写了一行黑体字"谨以此书献给敬爱的刘秉阳教授"。这本书如果没有刘教授的举荐、提携、支持和帮助是不可能顺利完成的。刘教授的音容笑貌及其诲人不倦的学风,我将永记于心。此书的出版也给我的专业生活画上了句号。

  《生命中遇到的几位贵人》一文,就此结束,似乎只有头尾,中间缺少,自己也觉有些不足。究其原因,中间阶段的生活,用一位名人的话说,是:"失去自我""惑而不解"的阶段。一方面由于理解上的误导，选择了自己并不喜欢的专业，毕业后，又被分配了基础教学工作，这更是我的弱项。本着当年"干一行、爱一行、钻研一行"的教导，用去了任职期间的全部精力。另一方面又努力认真，紧紧跟着一个接一个的政治运动走，在紧张疲惫中时光匆匆逝去，其间确实没有留下太深刻的印象，也少有人与人之间真实感情的交流。所以，只能采取忘却或忽略的方式。

2017 年 5 月 31 日于北京

后 记

　　《胡同里的童年》是我写回忆文章中的第一篇短文，投给了《参考消息·北京参考》，那时《北京参考》文化天地专栏设有【京都琐记】版块，我的短文原题是"胡同里的叫卖"，经责任编辑改为"胡同里的童年"，于2005年7月19日刊出。当时的责任编辑是曹炜同志，他是我遇到的最热情、最真诚、最不端架子的编辑，给予我很大鼓舞和继续写下去的勇气。但是，由于诸多事情的影响，写了几篇，回忆文章的书写就停滞下来，直到若干年后才重新拾起，前前后后拖延了十余年的时间方告完成。现在将几篇短文整理成册，就以《胡同里的童年》命名，以示对曹炜先生建议的尊重，并以此对曹炜先生的热情相助表示最诚挚的感谢，当然最主要的是内容与书名的恰当契合。

　　这本小册子完成，得到不少人的帮助，分述如下。关于父亲的回忆，施与援手的人最多，二姐之子张振华和二姐之孙张云龙父子二人最先提供了信息和资料；崔月录先生详细介绍了钢刀王工厂的变迁；霍金泉等三位老师傅讲解了制刀的工艺过程；首都师范大学历史系在读博士生狄安略同学，主动帮我查找了不少资料。二哥王尚武记忆力胜于我，很多童年的回忆他的记忆更清晰，常可纠正我的失忆或错记，在此致以深深的谢意。对全书帮助最多的是儿子钱松屹，稿子写好后大多先发给他，他看后会给我提出中肯的建议，并结合我的写作需要，帮我购进了相关参考书，查阅打印了一些参考资料，文章排序和插图安排多次帮助编辑整理，前后用去他不少时间。老伴钱培生在我外出调研时，常相伴左右，以确保安全。中学老友马宗述和她的老伴玉佩珩先生都是北京建筑设计研究院的资深建筑师，具备深厚的绘画功底，玉佩珩先生为本书绘制了两幅插图，并花费了很多时间在设计院资料室查找到旧东安市场的两幅绘图，对此深表谢意。还要特别感谢的是老同学苏立康教授。在本书有了正式出版消息之后，才请她代为写序，时间比较紧迫。与立康同学已多年未联系，没想到她一接到作序的邀请，立即慨然应允，令人感动至深。立康教授在文学、语音学等方面从事教学和研究工作多年，成绩斐然。再次向她致谢。本书还选用了一些照片作为插图，参阅了一些有关老北京的读物，都在文章相关处标明了出处，在此一并致谢。

最后应该特别说明的是，本书经李滨声老师同意，选用了《北京民间儿童娱乐》一书中的8幅插图（王文宝著 李滨声插图 北京燕山出版社，1990年出版）。"踢毽儿"一图为丰子恺的作品。两位大师的神来之笔为拙作增了色。在此深致谢忱。

2019 年 1 月 10 日
文诤于北京